WENN EIN LÖWE HEIRATET

Lion's Pride, Band 9

EVE LANGLAIS

Copyright © 2020 Eve Langlais
Englischer Originaltitel: »When A Tigon Weds (A Lion's Pride Book 9)«
Deutsche Übersetzung: Birga Weisert für Daniela Mansfield Translations 2020

Alle Rechte vorbehalten. Dies ist ein Werk der Fiktion. Namen, Darsteller, Orte und Handlung entspringen entweder der Fantasie der Autorin oder werden fiktiv eingesetzt. Jegliche Ähnlichkeit mit tatsächlichen Vorkommnissen, Schauplätzen oder Personen, lebend oder verstorben, ist rein zufällig. Dieses Buch darf ohne die ausdrückliche schriftliche Genehmigung der Autorin weder in seiner Gesamtheit noch in Auszügen auf keinerlei Art mithilfe elektronischer oder mechanischer Mittel vervielfältigt oder weitergegeben werden.

Titelbild entworfen von: Yocla Designs © 2019/2020
Herausgegeben von: Eve Langlais www.EveLanglais.com

eBook: ISBN: 978-1-77384-194-6
Taschenbuch: ISBN: 978-1-77384-195-3

Besuchen Sie Eve im Netz!
www.evelanglais.com

Kapitel Eins

ES WAR EINE KLARE UND SCHÖNE NACHT. IM Gegensatz zu Deans Stimmung, die von der Erinnerung durcheinandergebracht wurde.

In einer Nacht wie dieser hatte ihn jemand ordentlich an seinem wunderbaren, gestreiften Schwanz mit seinem fantastischen Büschel gezogen. Nicht wörtlich. Er hätte jeden zerfetzt, der es auch nur wagte, an seinem ach so vorzüglichen Töwen-Schwanz zu ziehen. Am Schwanz gezogen ... bildlich gesprochen. Er war von jemandem getäuscht worden, von dem er dachte, er könnte ihm vertrauen. Er würde die Schuld auf den Blutmangel in seinem Gehirn schieben. Er hatte in ihrer Gegenwart immer einen Steifen. Und benahm sich ständig dumm.

Zu seiner Verteidigung: Natasha hatte diese Art,

sich zu bewegen. Ein gewisses Lächeln. Eine Neigung des Kopfes. Die Art, wie sie ihre Hüfte schwang ... Alles war darauf ausgerichtet, ihn anzumachen. Dass er den Verstand verlor.

Aber er kannte sie jetzt zu gut, um noch weiter auf ihre Spielchen reinzufallen. Er kannte ihre Stärken und Schwächen. Er konnte es kaum erwarten, sich bei ihr zu revanchieren.

Er schenkte sich ein Glas Whisky ein – den teuren, den er die ganze Nacht schlürfen konnte, wenn man den milden Geschmack bedachte. Er ging auf und ab. Es wäre nicht gut, sich zu betrinken oder zu früh das Bewusstsein zu verlieren. Heute Nacht war die Nacht der Nächte.

Natascha kam. Er konnte es im Mark seiner Knochen spüren. Er musste nur Geduld haben. Warten, bis sie etwas unternahm. Angesichts dessen, was er über sie wusste, würde es sicher nicht mehr lange dauern.

Er hatte sie im Auge behalten, seit sie ihn zum Narren gehalten hatte. Es erwies sich als einfacher als erwartet, da sie in den sozialen Medien recht aktiv war. Allerdings bedeutete das nicht viel in Anbetracht der Tatsache, dass die Veröffentlichung von inszenierten Fotos im Vorfeld geplant werden konnte, um den Anschein eines aktiven Lebens zu erwecken.

Dean wusste, wie leicht es zu fälschen war. Einer sehr beliebten Webseite zufolge, die nur Bilder mit Hashtags zuließ, befand sich Dean beispielsweise gerade in einer Kneipe und trank ein paar Drinks.

Würde sie darauf hereinfallen? Würde sie glauben, er wäre nicht zu Hause?

Wohl eher nicht. Genauso wie er das letzte Bild nicht glaubte, das er von ihr am Strand gesehen hatte, wie sie in der Sonne liegt. Sie war nicht im Urlaub an einem tropischen Ort. Sie war in der Nähe. Und kam immer näher.

Oder war das nur Wunschdenken?

Dean schnappte sich sein Telefon und rief ihr Profil auf, das immer noch dasselbe Strandbild zeigte. Sie trug einen eleganten, einteiligen Badeanzug mit einem einzigen Schulterriemen. Darüber hatte sie einen Sarong locker gebunden. Sie hatte sich kaum verändert, seit er sie zuletzt gesehen hatte. Ihr Haar hatte den gleichen Stil, ihre Haut war genauso frisch. Sie sah so jugendlich aus, und doch war sie nur fünf Jahre jünger als er.

Trotz allem, was er von ihr wusste, blieb sie schön. Er glaubte zwar gern, dass ihr Verrat ihn gegen ihren Charme immun machen würde, aber ein Blick auf sie brachte ihn erneut um den Verstand.

Ein typisches Beispiel: Man sehe ihn sich nur an, wie er ein paar Drinks zu sich nahm und wartete, dass Natasha vorbeikam. Er wusste, dass sie ihn irgendwann finden würde. Aber das Warten erforderte Geduld. Gut, dass er stundenlang geübt hatte. Stunden, die er im hohen Gras verbracht hatte, ein versteckter Töwe, der bereit war loszuspringen. Er hatte gelernt, seine Tanten nie so zu erschrecken, denn ein Mal hatte er Tante Marni dazu gebracht, sich selbst anzupinkeln, und sie hatte ihn gejagt und ihm die Mähne rasiert. Die Tanten ärgerte man nicht. Auch die Cousins und Cousinen durfte man nicht verärgern. Sie planten dann immer die abscheulichste Rache.

Noch ein Glas Whisky und immer noch keine Natasha.

Mehr als drei Tage waren vergangen, seit er die Ankündigung online gesehen hatte. *Stolz kündigen wir unsere bevorstehende Vermählung an* ... In schwarz-weißem Text mit einem farbigen Bild des lächelnden Paares als Beweis.

Natasha wollte heiraten.

Vielleicht.

Dean hatte ein oder zwei Dinge dazu zu sagen,

weshalb er ihr, nachdem er eine große Flasche Whisky leer getrunken hatte, eine Nachricht geschickt hatte. Eine Erinnerung, dass sie noch nicht miteinander fertig waren.

Am nächsten Tag hatte er ein Einschreiben von einem Anwalt erhalten, das an ihn adressiert war und seine Unterschrift verlangte. Eine unpersönliche Art, die Angelegenheit abzuschließen.

Nein. Dean hatte den Brief verbrannt und sich nicht die Mühe gemacht, eine Antwort zu schicken. Der Töwe wartete noch etwas länger. Er ließ sein Haus von oben bis unten reinigen. Er ließ sich die Haare schneiden. Kaufte einen neuen Anzug.

Zwei weitere Forderungen kamen von dem Anwalt. Er zündete auch diese Dokumente an, im Hof mit einer Dose Feuerzeugflüssigkeit und einem Streichholz. Er verbrauchte absichtlich mehr Brennstoff als nötig. Als sie hell aufloderten, zündete er seine Zigarre aus den tanzenden Flammen an, und als sie schön glühten, benutzte er sie, um die schwebende Drohne zu grüßen, die den ganzen Tag sein Haus beobachtet hatte. Er zwinkerte, bevor er eine Waffe zog und sie vom Himmel schoss.

Wenn Natasha ihn sehen wollte, konnte sie persönlich kommen. Er wartete noch etwas länger. Er strich sein Schlafzimmer neu. Trainierte mit ein paar Gewichten. Kratzte die Tapete mit seinen Krallen ab und verputzte das Ganze dann neu.

Um zweiunddreißig Minuten nach neun summte seine Uhr. Ein Blick genügte und er musste grinsen. »Los geht's.«

Das leere Glas musste nachgefüllt werden. Nachdem er es bis zur Hälfte gefüllt hatte, beschloss Dean, in dem grauen Klubsessel in der Mitte seines Wohnzimmers zu sitzen, der seine Wohnung lebendiger erscheinen ließ, als sie es eigentlich war. Weiße Wände zu seiner Linken und zu seiner Rechten mit einer hohen, weißen Decke. Hinter ihm die Küche mit ihrer riesigen Kücheninsel und den Holzschränken. Davor ein großes Glasschiebefenster, das sich zu einem Innenhof öffnete.

Der ineinander verschachtelte Stein war aufgrund des beleuchteten Infinity-Pools nur schwach sichtbar. Auf einer Klippe gebaut, genoss er es, auf der Oberfläche zu treiben. Er fühlte sich dann immer wie ein Teil des Himmels – er konnte nur hoffen, dass die Felswand niemals abbrechen würde, obwohl die Gefahr die Freude an seiner Oase im Hinterhof noch verstärkte.

Er hatte sich dafür entschieden, bequem drinnen zu warten, sich in seinem Stuhl zurückzulehnen und sein Glas auf die Metallsäule daneben zu stellen, die wie ein Baumstamm geformt war und als Tisch diente. Wenn er einen Knopf auf der Armlehne zu seiner Linken drückte, würde ein Bildschirm von der Decke herunterfahren, sodass er fernsehen konnte. Er ließ den Fernseher ausgeschaltet, obwohl er es sich kurz überlegte, Musik einzuschalten. Aber was würde er spielen? Etwas Weiches und Sinnliches oder etwas Hartes und Aktionsgeladenes?

Er nahm noch einen Schluck Whisky, genoss die Hitze des Getränks, als es seine Kehle hinunterlief, und wartete.

Klirr.

Die Glasschiebetür zerbrach, als etwas hart darauf traf. Glas zersplitterte über das Hartholz und rollte über den Büffelfellteppich – einen echten, wie er hinzufügen sollte. Dean hatte ihn einem sadistischen Jäger abgenommen – gleich nachdem Dean ihn dazu gebracht hatte, jedes Tier, das er gequält hatte, zu bereuen.

Trotz des Lochs in seinem Fenster nahm Dean einen weiteren Schluck Whisky. Flüssiger Mut, der hoffentlich den Blutfluss aus seinem Gehirn zu einer anderen Stelle verlangsamen konnte.

Bleib wachsam. Er täuschte eine Lässigkeit vor, die er nicht spürte. Er vibrierte vor Adrenalin.

Es war Zeit.

Eine Gestalt schwang sich in den Raum, von Kopf bis Fuß in dunkle Kleidung gehüllt, einschließlich einer Gesichtsmaske und einer Wickelhaube. Das Seil löste sich, als sie auf ihren Füßen landete. Interessante Taktik, sein Dach zu benutzen. Gut, dass er dort letztes Jahr Sensoren installiert hatte.

Die schlanke Gestalt hatte keine Waffe in der Hand und ihre Gesichtszüge waren maskiert, aber er musste sie nicht sehen, um zu wissen, um wen es sich handelte. Sein ganzer Körper prickelte. Seine innere Bestie erschauderte und er hätte fast ein polterndes Knurren von sich gegeben.

»Hallo, Natascha. Lange nicht gesehen.«

Sie kam mit wiegenden Hüften auf ihn zu. »Du meinst wohl seit unserer Hochzeitsnacht?«

Weniger eine Hochzeit als eine Farce. Natasha hatte ihn nicht geheiratet, weil sie ihn für das Beste seit der Entdeckung von Erdnussbutter und Schokolade hielt. Sie hatte ihn nur benutzt.

Er verdrängte seine Wut und blieb ruhig, als er sagte: »Wie lange ist das jetzt her, fünf Monate? Vielleicht sechs?« Und dabei hätte er ihr auf die Minute genau sagen können, wie lange es her war, wenn er denn gewollt hätte. Doch das behielt er für sich. Er würde ihr nie wieder diese Art von Macht über ihn geben. Und so weit, so gut. Er hatte immerhin noch nicht ganz den Verstand verloren.

Sie ließ eine Hand hinter ihrem Rücken verschwinden. »Jedenfalls ist es schon viel zu lange her und an der Zeit, dass wir uns mal wiedersehen. Ich bin hier, weil ich die Scheidung will.«

Obwohl er das erwartet hatte, konnte er nicht anders, als zu knurren. Angesichts der Lügen, die sie ihm erzählt hatte, sollte er froh sein, dass sie die Scheinehe beenden wollte. Doch ein Teil von ihm hatte es damals gewusst und wusste es jetzt noch stärker.

Sie gehört mir.

Mehr denn je war er davon überzeugt, und doch schien sie nicht den gleichen Konflikt zu durchleben wie er. Seit jener Nacht kämpfte er gegen den Drang, sie zu jagen. Er wäre nicht derjenige, der betteln würde. Derjenige, der Schwäche zugeben würde.

Darum hatte er gewartet. Deshalb hatte er abgewartet. Er hatte gewettet, dass sie eines Tages zurückkehren würde, und sei es nur, um ihn um die Scheidung zu bitten.

Er hatte sich diesen Moment auf so viele verschiedene Arten vorgestellt, von denen einige in nackter Lust endeten. Aber in allen Fällen, in denen sie ihn um die Scheidung bat, blieb seine Antwort dieselbe. *Nein.*

Niemals.

Er würde nicht zustimmen, selbst wenn sie ihn in dieser Sekunde verführen und zum Schnurren bringen würde.

Er zog eine Augenbraue hoch.

»Ist jetzt der richtige Zeitpunkt, um dir zu sagen, dass ich unser Gelübde, zusammenzubleiben, bis dass der Tod uns scheidet, ernst nehme?«

»Wenn du darauf bestehst.« Sie zog die Hand wieder hinter dem Rücken hervor, in der sich jetzt eine Pistole befand, die sie ihm ins Gesicht hielt.

»Ich gehe davon aus, dass du meinen Brief bekommen hast.« Den, der ziemlich einfach war, denn er hatte nur geschrieben: *Hier hast du eine Kopie unserer Heiratsurkunde.* Unterschrift: *Dein Ehemann.*

»Wir sind nicht verheiratet.«

»Wie ich sehe, bist du überrascht. Genauso wie ich, als ich feststellte, dass du nicht diejenige bist, für die ich dich gehalten habe.«

»Die ganze Hochzeit war eine reine Farce«, knurrte sie.

»Für dich vielleicht. Und trotzdem haben wir ein Gelübde abgelegt.«

»Ich bin gegangen, bevor es zu Ende war.«

»Aber anscheinend nicht früh genug, denn zwei Wochen später habe ich unsere Heiratsurkunde per Post erhalten.«

»Warum hast du mir nicht gleich Bescheid gesagt, als du sie bekommen hast?« Natasha schob ihre Maske vor, sodass er sie in ihrer ganzen vollmundigen Pracht sehen konnte. Ihre Augen hatten die Farbe des Meeres bei Gewitter.

Seine Entschlossenheit geriet ins Wanken. Sie war immer noch so verdammt wunderbar. Doch er musste stark bleiben. Er nahm einen weiteren Schluck flüssigen Mutes, bevor er sagte: »Ich hätte dir Bescheid gesagt, aber du warst einfach verschwunden und hast dich dann auch nicht mehr gemeldet.«

»Weil ich mit dir fertig war«, rief sie und wedelte ganz offensichtlich genervt mit ihrer Waffe herum.

»Du vielleicht, aber ich habe noch ein Hühnchen mit dir zu rupfen, *Frau*.« Er sagte das Wort mit entschiedener Betonung und genoss, dass ihr dabei die Wut ins Gesicht stieg und ihre Wangen sich röteten. Sie war eine Lügnerin und hatte ihm etwas vorgemacht, doch er war trotzdem davon überzeugt, dass sie zu ihm gehörte.

»Habe ich etwa dein männliches Ego verletzt?

Denn damit will ich eigentlich nichts zu tun haben. Früher schon. Aber mittlerweile bin ich es leid. Sei bloß nicht sauer auf mich, weil du deine Hausaufgaben nicht gemacht hast.«

Ihre dreiste Bemerkung sorgte dafür, dass das Blut sich wieder dorthin zurückzog, wo es hingehörte. »Irgendwann hätte ich dich schon überprüft«, erklärte er knurrend. Unglaublich, dass sie ihn daran erinnerte, wie nachlässig er gewesen war. Er hatte keinerlei Vorsichtsmaßnahmen getroffen. Hatte nicht einmal darüber nachgedacht, Natasha etwas gründlicher zu überprüfen. Sie hatte ihn so fachgerecht hinters Licht geführt. Er bewunderte ihre Fähigkeiten.

»Falls du dich dann besser fühlst, ich habe dich auch nicht weiter überprüfen lassen. Ich bin auf die Fauler-Playboy-Nummer reingefallen.«

Bei diesen Worten musste er lächeln. Anscheinend hatten sie doch mehr gemeinsam, als sie gedacht hätten.

»Wer behauptet denn, es handelt sich um eine Nummer?«

»Weil ich dich mittlerweile auch genauer habe überprüfen lassen. Du bist ein ziemlich interessanter Kerl. Und du heißt auch nicht wirklich Dean.« Die

Waffe, mit der sie nicht mehr gezielt hatte, richtete sich nun auf sein Herz.

Es war ein Spitzname, der ihm gegeben wurde, weil einige seiner weiblichen Familienmitglieder beschlossen hatten, dass er sic an den Fernsehschwarm aus dieser Sendung über das Paranormale erinnerte. Er zog diesen Spitznamen seinem richtigen Namen Neville Horatio Fitzpatrick vor.

»Willst du mich wirklich erschießen, Natasha?«, fragte er, nicht im Geringsten eingeschüchtert, obwohl sie einen harten Ausdruck auf dem Gesicht hatte. Sie konnte doch sicher auch die Verbindung zwischen ihnen spüren. Die Elektrizität in der Luft. Oder war das einfach nur purer Hass? Sie schien jedenfalls nicht weicher zu werden.

»Entweder stimmst du der Scheidung zu oder ich werde eben zur trauernden Witwe, Neville.« Sie benutzte absichtlich den Namen, den er hasste.

»Du bist viel gewalttätiger, als ich dich in Erinnerung habe. Was ist aus der Studentin mit der leisen Stimme geworden, die ich an der Uni kennengelernt habe?« Sie war in der Kneipe, in der er sie zum ersten Mal gesehen hatte, großäugig und schüchtern gewesen. Sie hatte an ihrer alkoholfreien Piña Colada genippt, das Hemd bis zum Hals zugeknöpft, der Rock bis über die Knie. Sie trug ihr Haar offen und nur eine Spange hielt es aus ihrem Gesicht. Sie hatte ihn gesehen und gelächelt und dann den Kopf gesenkt. Er war völlig auf ihre unschuldige Tuerei hereingefallen.

»Du hast gesehen, was du sehen wolltest. Genau wie jeder andere Mann auch«, sagte sie mit Verachtung und er konnte ihr keinen Vorwurf daraus machen. Sie hatte recht. Er hatte nur diese kurvenreiche Frau gesehen, die ihn dazu brachte, sich wie ein großer böser Töwe zu fühlen. Sie hatte genau den richtigen Geruch an sich, und obwohl sie sich ihm nie als ihr inneres Tier gezeigt hatte, spürte er, dass sie eine Katze war, wodurch er sich noch mehr zu ihr hingezogen fühlte. Am liebsten hätte er sich an ihr gerieben und sie mit seinem Duft imprägniert. Seinen Urin im Kreis um sie herum verteilt, um sie als die Seine zu kennzeichnen. Hätte jeden anderen angeknurrt, damit er wusste, dass sie ihm gehörte.

Sie hatte ihn wirklich an der Nase herumgeführt.

»Ich bin überrascht, dass du Pistolen als Waffe bevorzugst.« Denn er hielt ihre sanfte Berührung für ihre gefährlichste Waffe. Sie hatte diese Art, sein Verlangen zu schüren, dass er blind für die Wahrheit wurde. Und verdammt, es fühlte sich gut an.

»Pistolen. Messer. Druckpunkte. Gift.« Sie

verzog die Lippen zu einem Lächeln. »Ich hatte eine interessante Kindheit.« Als Tochter eines berühmten russischen Mafiabosses musste sie die auch gehabt haben. Allerdings hatte er damals nichts über ihren Hintergrund gewusst. Soweit er wusste, hatte er Natasha Smirnoff, Austauschstudentin aus Russland, kennengelernt, die als Waise aufgewachsen war und dank eines Stipendiums in Amerika studieren konnte. Eine einsame Tigerin mit der Erlaubnis, sich in diesem Territorium aufzuhalten, um zu studieren.

Doch auch das waren Lügen gewesen. Das Rudel wusste nichts über eine Miss Smirnoff. Er hatte sich so viele Gelegenheiten entgehen lassen, so viele Regeln gebrochen.

Während sie ihm ihre Fähigkeiten als Söldnerin aufzählte, hob er das Glas, um ihr zuzuprosten. »Auf die geheimen Talente der Natasha Tigranov. Möchtest du dieser Liste vielleicht noch etwas hinzufügen?«

»Ich mache gern bei Wettbewerben im Bogenschießen und Axtwerfen mit.«

»Aber die Frage ist doch, kannst du kochen?« Und die Antwort darauf kannte er bereits.

»Nein.«

»Und wie machst du dir dann etwas zu essen?«

Sie sah ihn böse an. »Ich habe einen Koch.«

»Einen Koch?« Er lachte verächtlich. »Weißt du überhaupt, wie man Wasser zum Kochen bringt?«

»Aber natürlich. Mit kochendem Wasser umzugehen habe ich während meines Foltertrainings gelernt. Möchtest du, dass ich es dir mal zeige?«

»Aber nur, wenn du frische Eiernudeln machen möchtest. Ich liebe Pasta.« Er klopfte sich den Bauch.

»Als ob ich jemals für dich kochen würde.«

»Das ist wirklich die falsche Einstellung, Frau. Ist es nicht deine Aufgabe, deinen Ehemann zufriedenzustellen?« Er sagte absichtlich das Sexistischste, was ihm einfiel. Er war sich sicher, dass sie ihn daraufhin erschießen würde. Ihre Hand zitterte ein wenig, doch sie hatte große Selbstbeherrschung.

»Ich bin nicht deine Frau.«

»Ich habe Beweise, die etwas anderes behaupten.«

»Ich sehe, ich hatte recht, als ich die Scheidung aufgrund von unüberbrückbaren Differenzen beantragt habe. Eine Scheidung, die ich nicht einmal brauchen sollte, da die Hochzeit wahrscheinlich nicht einmal legal war.«

»Und wenn die Hochzeit nicht legal war, warum konnte dein Anwalt sie dann nicht annullieren lassen?« Er nahm einen weiteren Schluck seines Drinks.

»Er hat es versucht.« Sie presste die Lippen zusammen. »Du hast die Briefe, die wir dir geschrieben haben, ja nicht beachtet.«

»Ach, tatsächlich.« Sein Glas war leer. Um es wieder aufzufüllen, müsste er an ihr vorbeigehen. Es würde vielleicht reichen, um ihn aus dem Gleichgewicht zu bringen. »Schmollst du jetzt, weil du deinen Willen nicht durchsetzen konntest?«

»Ich könnte dich umbringen, weil du es mir absichtlich schwer machst«, rief sie. »Ich kann nicht mit dir verheiratet sein.«

»Vielleicht hättest du darüber nachdenken sollen, bevor du mich dazu benutzt hast, um an meinen besten Freund heranzukommen.« Schließlich verlor er nun doch ein wenig an Selbstbeherrschung. Das Problem war nicht so sehr, dass sie ihn betrogen und am Altar hatte stehen lassen. Das Problem war, dass sie von Anfang an nicht an ihm interessiert gewesen war.

Ihr Lächeln wurde noch gemeiner. »Ah, du bist immer noch sauer wegen unseres winzigen Missverständnisses?«

Daraufhin hätte er fast ein Geräusch von sich gegeben. »Winzig? Du hast Lawrence mit einem

Messer am Hals bedroht.« Und das war aus mehreren Gründen ausgesprochen überraschend, einer davon war zum Beispiel, dass sie überhaupt die ganze Zeit über ein Messer an ihrem Bein getragen hatte.

»Er lebt noch.« Was sie allerdings ausließ war die Tatsache, dass er es fast nicht geschafft hätte.

»Du hast mich benutzt.«

»Wir haben einander benutzt. Soweit ich mich erinnere, sogar ziemlich häufig. Im Bett. Außerhalb.« Jede leiseste Silbe, die sie aussprach, erinnerte ihn an all die Momente, die sie nackt miteinander verbracht hatten.

»War es so oft?«

»Als hättest du das vergessen.«

Sie hatte recht, er erinnerte sich an jeden Moment. Und zwar ausgesprochen lebhaft. Das würde er aber nicht zugeben. »Na ja, der Sex war einigermaßen in Ordnung.«

»Einigermaßen in Ordnung?«, keuchte sie.

»Du musst zugeben, es ist schon lange her, und ich habe mich in der Zwischenzeit mit anderen Frauen getroffen. Vielleicht brauche ich etwas, um meine Erinnerung aufzufrischen. Möchtest du gern deine Hose runterlassen, damit ich es noch mal probieren kann?«

Ihre Nasenlöcher blähten sich auf und ihre Augen wurden schmal. Die Erinnerung kämpfte mit der Eifersucht über die Vorherrschaft, und das konnte man ihr am Gesicht ablesen. Natürlich hatte sie nicht vergessen, wie viel Lust er ihr bereitet hatte. Sie hatte vielleicht einiges vorgetäuscht, doch ihre weltbewegenden Orgasmen gehörten ganz sicherlich nicht dazu.

Die kleinliche Katze in ihm freute sich darüber, dass sie sich ärgerte, als er andere Frauen erwähnte. Nicht dass es tatsächlich welche gegeben hätte, seit er sie kennengelernt hatte. Er hatte versucht, sich mit anderen Frauen zu verabreden, doch keine von ihnen hatte es bis in sein Bett geschafft. Sie rochen einfach falsch. Ihr Lächeln war nicht verschlagen genug.

»Ich bin doch nicht irgendeine beliebige Schlampe, mit der du deine Begierde stillst.«

»Du bist meine Frau«, schnurrte er. »Gehört es nicht zu deinen Pflichten, dich um die Bedürfnisse deines Ehemannes zu kümmern?«

Einen Moment lang glaubte er, es zu weit getrieben zu haben. Ihre Augen glühten vor Wut. Aber nur einen Moment lang, dann überkam sie eine selbstgefällige Ruhe.

»Ich kann immer noch nicht glauben, dass du auf

die Nummer des unschuldigen Schulmädchens hereingefallen bist.« Sie klimperte mit den Wimpern, als sie ihn neckt. »Ich habe noch nie zuvor so für jemanden empfunden. Allerdings darf es einfach nicht sein.«

Eine Erinnerung daran, wie sie ihn dazu gedrängt hatte, sich zu beeilen, wie sie behauptet hatte, sie hätte sich Hals über Kopf in ihn verliebt, aber sie müsste ihn verlassen und nach Hause zurückkehren, da ihr Studentenvisum abliefe.

Er hatte ihr sofort einen Antrag gemacht. Sie hatte Ja gesagt. Sie waren nach Las Vegas geflogen und er hatte es nur seinem sehr engen Freund Lawrence gesagt, einem Liger, der untergetaucht war, sich aber aus seinem Versteck begab, um sein Trauzeuge zu sein.

Dean hatte den Feind bis vor die Tür geführt. Es war pures Glück, dass an seinem Hochzeitstag niemand gestorben war. Und das lag nicht daran, dass niemand versucht hätte, jemand anderen zu töten. Er erinnerte sich noch daran, wie zerbrechlich sich ihre Kehle in seiner Hand angefühlt hatte.

Kapitel Zwei

Jene schicksalhafte Nacht ...

»Ich fasse es nicht, dass du tatsächlich gekommen bist.« Dean umarmte seinen Freund, der die einzige Person war, der er von der bevorstehenden Hochzeit erzählt hatte.

»Als würde ich es mir entgehen lassen, wenn du unter die Haube kommst.« Lawrence hatte zur Feier des Anlasses einen Smoking angezogen, und abgesehen von den dunklen Ringen unter seinen Augen schien er in Form zu sein. Allerdings hatte er ein wenig an Gewicht verloren. Aber sich vor der Mafia zu verstecken konnte einem schon den Appetit verderben.

»Warte nur, bis du Natasha kennenlernst. Sie ist wunderbar«, hatte Dean ihm enthusiastisch erklärt. Vom ersten Moment an, seit er sie zu Gesicht bekommen hatte, hatte sie ihn in seinen Bann gezogen. Bis dahin hatte er es nicht in Betracht gezogen, sich zu binden, und ganz sicher nicht an jemanden, der so süß und unschuldig war wie sie. Aber irgendwie war ihm klar gewesen, er würde dafür sorgen, dass es funktionierte.

Lawrence hatte ihm auf den Rücken geklopft. »Ich kann es kaum erwarten, sie kennenzulernen.«

Und damals konnte Dean es kaum erwarten, Natasha zu seiner Frau zu machen.

Sie war in Weiß gekleidet, der Rock lang und fließend, das Oberteil eng anliegend, sodass die Konturen ihrer Brüste perfekt in Szene gesetzt wurden. Sie hatte ihren Blick gesenkt und kurze Schritte gemacht, als sie den Gang, in Discolicht getaucht, zum Altar hinuntergegangen war. Im Nachhinein erkannte er, dass sie einen leicht angespannten Gesichtsausdruck hatte, als sie den Priester hinter Dean beäugte. Er war als Ersatz eingesprungen, da der ursprüngliche Amtsträger einen Unfall erlitten hatte. Dean mochte vor allem sein Gesicht nicht. Er hatte um einen echt aussehenden Elvis gebeten, nicht um den Gorilla in Pailletten, der geschickt worden war.

Gut, dass ein neuer Amtsträger angemietet und schnell eingetauscht werden konnte. Die Zeremonie verlief so, dass Natasha ihn kaum ansah. Als er nach den Ringen griff, machte sie ihren Zug.

Sie riss ihren Schleier herunter und gerade als er sich umdrehte, warf sie ihn. Der feine Tüll wickelte sich um seinen Kopf. Als er den Tüll weit genug weggerissen hatte, um zu sehen, was los war, war Natasha bereits mit einem Messer in der linken Hand in die Luft gesprungen. Es waren die Überraschung und der Schwung der Bewegung, die Lawrence zu Boden brachten. Dort, unter ihrem Körper eingeklemmt, hatte seine Freundin die Spitze ihres Dolches an seine Kehle gesetzt.

Dean brauchte ein paar Augenblicke, um seinen Schock zu überwinden, bevor er sagen konnte: »Natasha, was machst du denn da?«

Sie sah sich nicht einmal nach ihm um, als sie knurrte: »Dieser räudige Liger weiß ganz genau, warum ich hier bin.«

»Warte, du kennst Lawrence?« Er runzelte die Stirn. Das ergab überhaupt keinen Sinn, denn sein Freund hatte nicht das geringste Anzeichen dafür gegeben, sie zu kennen, als er sie gesehen hatte.

»Jemand war ein böser Junge«, murmelte sie. »Doch anstatt dafür geradezustehen, hat er sich lieber versteckt.«

Mit ihrer Aussage verwirrte sie Dean nur noch mehr. »Lawrence, ich dachte, du hättest behauptet, die Mafia sei hinter dir her.« Damals hatte Dean ihm tausend Fragen gestellt, hatte wissen wollen, wie genau er die Mafia verärgert hatte. Ging es um Waffen? Drogen? Doch Lawrence hatte sich geweigert, ihm zu antworten.

Sein Freund schluckte und sagte dann: »Die Mafia *ist* hinter mir her.«

Er blickte zu Natasha, einer Frau, die jetzt ganz und gar nicht mehr unschuldig aussah, obwohl sie noch immer die Überreste ihres weißen Kleides trug. »Du arbeitest für die Bösen?«

»*Böse* hängt davon ab, auf welcher Seite man steht. Und ich möchte noch hinzufügen, dass es dabei nicht nur um einen Job geht, sondern um die Familie.«

»Ich wollte Sasha nicht gegen mich aufbringen«, erklärte Lawrence.

»Du hast meine Cousine zum Weinen gebracht!« Natasha presste ihm das Messer stark genug an die Kehle, um seine Haut aufzuschneiden.

Es war eine ausgesprochen ernste Situation und

trotzdem lachte Dean. »Drohst du ihm damit, ihm den Hals aufzuschneiden, weil er mit deiner Cousine Schluss gemacht hat?«

»Er hat sie verarscht.«

»Ich habe ihr keinerlei Versprechungen gemacht«, behauptete Lawrence erneut.

»Das heißt gar nichts. Ich habe Sasha versprochen, die Dinge in Ordnung zu bringen.«

»Möchtest du, dass ich zu dieser Drohung ein wenig ominöse Musik laufen lasse?« Dean war wahnsinnig wütend darüber, dass sie ihn an der Nase herumgeführt hatte.

»Das wäre ziemlich nett. Hast du da eine Playlist?« Sie verzog die Lippen zu einem sadistischen Lächeln und verdammt, sie schürte damit tatsächlich sein Verlangen.

Es war die falsche Zeit und der falsche Ort. Und offensichtlich auch die falsche Person. »Wie wäre es, wenn du deiner Cousine einfach einen neuen Freund suchst, anstatt Lawrence zu töten?«

»Aber das macht nicht so viel Spaß«, entgegnete Natasha schmollend. Und es hätte beinahe arglos erscheinen können, wäre da nicht das stählerne Funkeln in ihrem Blick gewesen.

Wer war diese Frau? Denn sie war offensichtlich nicht nur die süße Natasha, eine arme Studentin ohne lebende Angehörige und mit einem wahnsinnig süßen Mund.

Diese Frau war schärfer und bedrohte seinen besten Freund, der sich offensichtlich nur aus einem Grund zurückhielt.

Dean warf Lawrence einen Blick zu und nickte ihm leicht zu. *Mach nur.*

Sie muss ein gewisses Bauchgefühl gehabt haben oder ihre Reflexe waren einfach so gut. Als Lawrence seine Knie zwischen ihre Körper schob, sprang sie davon und landete in einer Hocke, mit ausgestrecktem Messer und einem Grinsen auf den Lippen.

»Wie ich sehe, hat da jemand einen Kurs in Selbstverteidigung gemacht«, neckte sie Lawrence, als er auf die Füße kam.

Sie sah Dean nicht ein Mal an. Kein einziges Mal. Beachtete die größte Bedrohung in der Kapelle überhaupt nicht. Sie hatte den Blick nur auf Lawrence gerichtet und bemerkte nicht, dass Dean sich von der Seite an sie heranschlich.

»Wir können doch sicher darüber reden«, bat sein Freund.

»Eigentlich möchte ich dich lieber einfach nur davon abhalten, die Herzen von jungen, unschuldigen Mädchen zu brechen.« Sie warf das Messer und verfehlte seinen Freund nur um Haaresbreite.

Doch es schien ihr nicht viel auszumachen, denn sie zog einfach eine weitere Klinge aus dem Oberteil. Wie viele davon versteckte sie wohl noch an ihrem Körper?

»Ich bin mir sicher, dass Sasha über mich hinwegkommt.«

»Das kann schon sein, aber du hast ihr ein Versprechen gegeben. Sie hat gesagt: ›*Tashy, der große, böse Kater hat mich traurig gemacht.*‹ Wie konnte ich da Nein sagen?«

Dean hätte fast gelacht.

Und was Lawrence betraf, so hatte er die Waffe, die er sicherlich trug, noch immer nicht gezogen. Hauptsächlich weil sie sich beide bewusst waren, dass der Elvis-Priester sie beobachtete. Der sehr menschliche Priester. Das war der Grund, warum er sich noch nicht in etwas Gestreiftes verwandelt hatte.

Aber Natasha schien es egal zu sein, dass sie Zuschauer hatten. »Willst du mich zwingen, dir im Rock hinterherzulaufen, oder deine Strafe wie ein Mann hinnehmen?«

»Wie interessant, dass du eine Strafe erwähnst«, knurrte Dean, als er lossprang, eigentlich, um seine

Verlobte fest zu umarmen. Nur dass sie außerhalb seiner Reichweite tänzelte.

»Jetzt komm schon. Es gibt keinen Grund, dass du dich einmischst.« Sie fuchtelte mit der Klinge ihres Messers in seine Richtung.

»Ich würde sagen, dass ich einen Grund habe, seit wir hergekommen sind, um unser Ehegelübde abzulegen.«

»Ich würde sagen, ich habe dich hinters Licht geführt«, reizte sie ihn.

In dieser Hinsicht hatte sie recht. Normalerweise war Dean vorsichtiger. Aber ein kleiner Hauch von ihrem Geruch, und er hatte jede Fähigkeit zur Vernunft verloren. Sogar jetzt noch wollte er ihr lieber den Mund auf den Hals legen, statt ihn ihr aufzureißen. Er sehnte sich danach, ihn mit Küssen zu bedecken, bevor er sich seinen Weg in das Oberteil dieses Kleides bahnte.

»Da wir gerade dabei sind, uns gegenseitig Geständnisse zu machen: Ich war vielleicht auch nicht ganz ehrlich zu dir.«

»Und was soll das heißen?«, fragte sie und ihr Blick ruhte jetzt schließlich doch auf Dean.

Lawrence nutzte die Gelegenheit, um sie von hinten anzugreifen. Nur dass sie herumwirbelte, sich auf ein Knie fallen ließ und ihr Messer warf. Es traf ihn oben in die Schulter und er brüllte. Sein Gesicht begann, sich zu verändern, sein Körper dehnte sich, er stand kurz davor, sich zu verwandeln.

Elvis sang irgendetwas über *Blue Suede Shoes* und *No Place like Home*.

Dean schüttelte den Kopf. Nicht hier. Nicht jetzt. Lawrence zischte, als er das Messer aus seiner Schulter zog.

Natasha seufzte, als der Klingelton *Ave Maria* von ihrem Handy ertönte. »Ich schwöre, ihr Timing ist wirklich schrecklich.« Sie benutzte eine Hand, um ans Telefon zu gehen, und mit der anderen zog sie ein weiteres Messer hervor. »Was gibt es, Sasha? Ich bin gerade dabei, dein Chaos aufzuräumen.« Sie hörte zu und ließ den Blick zwischen Dean und Lawrence hin und her wandern.

Dean war eigentlich sehr stolz darauf, ausgesprochen gut zu hören, doch selbst er konnte nicht verstehen, was am anderen Ende der Leitung gesagt wurde. Er sah nur, wie Natasha das Handy wegsteckte und das Messer wieder in ihrem Oberteil verschwinden ließ.

»Heute ist euer Glückstag. Sasha hat einen neuen Freund gefunden, und obwohl sie dich für das Letzte hält, kann sie es kaum erwarten, dich wiederzusehen, weil sie sich sicher ist, dass du dann vor

Eifersucht kochen wirst. Dann würde dir nämlich auf einmal bewusst werden, wie wahnsinnig toll sie ist, und anschließend werdet ihr wilden, heißen Sex haben, auch wenn sie sich dir am Anfang verweigern wird.«

Es war verständlich, dass Lawrence verwirrt blinzelte. »Wie bitte?«

»Das heißt, dass wir nicht mehr sterben müssen, Vollidiot«, fuhr Dean ihn an. Er hatte mittlerweile seinen Schock überwunden und war nur noch stinkwütend.

»Juchu?«, sagte Lawrence sarkastisch und hielt sich mit einer Hand die blutende Wunde.

»Du solltest Lotto spielen, denn heute ist dein Glückstag. Es passiert nicht oft, dass meine Zielperson mit dem Leben davonkommt«, erklärte sie.

Diese Aussage veranlasste Dean zu der Frage: »Und wer bist du in Wirklichkeit?«

Als wollte er dem Moment noch die Krone aufsetzen, meldete Elvis sich zu Wort. »Herzlichen Glückwunsch, denn sie ist offiziell deine Ehefrau.«

»Halt den Mund!« Sie drehten sich beide zu dem Typen um, der plötzlich seine mit Glitzer besetzte Bibel an sich drückte.

Es war Lawrence, dem es zuerst klar wurde. »Heiliges Katzengras. Sie ist eine Tigranov. Ich weiß nicht, warum es mir nicht schon vorher aufgefallen ist.«

»Tigranov? Wie der russische Tigerclan?« Dean war klar gewesen, dass sie eine gestreifte Katze war, aber da er ihr ihre Lüge, eine Waise zu sein, geglaubt hatte, hatte er ihre Abstammung nicht weiter hinterfragt.

»Und nicht nur irgendeine Tigranov, falls du dich dann besser fühlst«, reizte sie ihn. »Ich bin die Tochter von Sergeii Tigranov persönlich.«

»Du bist die Zarentochter?«, fragte Lawrence bestürzt.

»Höchstpersönlich.« Sie machte eine spöttische Verbeugung, und dann lachte Natasha und klang überhaupt nicht wie das schüchterne Mädchen, das er kannte. Das Geräusch hatte eine heisere Note, spöttisch mit einem Hauch von Bösem.

»Unglaublich. Du hast mich die ganze Zeit über belogen.«

»Heul hier nicht rum, nur weil du hinters Licht geführt wurdest.« Dort stand sie in ihrem weißen Hochzeitskleid und sah noch immer wunderschön aus – tatsächlich sogar *noch* schöner mit ihrer bedrohlichen Ausstrahlung. Sie zeigte nicht das geringste Anzeichen von Furcht, obwohl sie sich zwei durchaus gefährlichen Männern gegenübersah.

Es war nicht nur der Glaube an ihre Fähigkeiten, der Dean zurückhielt, sondern auch wer sie war.

Eine Prinzessin. Eine Mafia-Prinzessin.

Eine Lüge, von der er zuließ, dass sie die Kapelle verließ.

Eine Frau, die jetzt seine Ehefrau war.

Und wider besseren Urteilsvermögens auch seine Lebensgefährtin.

Kapitel Drei

Warum sagte oder tat der Idiot überhaupt nichts? Er saß einfach nur in seinem Stuhl und starrte sie an, und das gab ihr genügend Zeit, um die Veränderungen zu bemerken, die in den letzten Monaten seit ihrer Hochzeit vonstattengegangen waren. Er sah noch immer gut aus, sein Kinn genauso markant, wie sie es in Erinnerung hatte. Sein Körper war immer noch so muskulös und gut definiert, aber auch entspannt. Der Mann schien völlig unbekümmert zu sein, wie er da in seinem Stuhl saß und seinen Whisky trank. Ihr hingegen schlug das Herz bis zum Hals und sie stellte fest, dass sie atemlos war, obwohl sie sich körperlich überhaupt nicht angestrengt hatte. Er hatte immer diese Wirkung auf sie gehabt. Der Arsch.

»Liebe Ehefrau.« Er betonte es absichtlich. »Wir sollten uns nicht streiten, besonders dann, wenn du mir die Ehre deines Besuches erweist. Aber dürfte ich dir für die Zukunft empfehlen, die Eingangstür zu benutzen? Denn schließlich gilt: *Mi casa es su casa.*«

Unglaublich, dass er ihr Ehemann war. Wenn auch nur auf dem Papier. Sie hatten nur vor der Hochzeit miteinander zu tun gehabt. Sie knirschte mit den Zähnen. »Nenn mich nicht so.«

»Wie denn? Ehefrau?« Er lächelte. Er hatte wunderschöne Zähne, die dazu in der Lage waren, sie sowohl so sanft zu beißen, dass sie vor Lust erschauderte, die ihr aber genauso gut den Hals aufreißen konnten. Sie hatte die Bilder gesehen. Sie hatte seine Akte gelesen – aber erst, nachdem sie ihn hintergangen hatte, und damit ein wenig zu spät.

Ihr unbeabsichtigter Ehemann war weitaus mehr als nur ein fauler Töwe, der zu viel Geld hatte. Er arbeitete für die Pride Group. Und zwar als Jäger. Und wenn man den Berichten Glauben schenken konnte, war er ziemlich gut, doch sie hatte er nicht durchschaut. Sie war stolz darauf, dass sie ihn so fachmännisch hatte täuschen können.

Aber nun, da er sie ausgetrickst hatte, war sie nicht mehr so stolz.

»Du weißt doch genau, dass die Hochzeit ein Fehler war. Sie war nie echt.« Als Lawrence untergetaucht war, führte die einzige Spur zu einem Typen namens Dean, dem besten Freund des Mannes. Sie hatte die Hochzeit geplant, um dafür zu sorgen, dass Lawrence an einem Ort auftauchte, wo er verletzlich war und wo es leichtfallen würde, ihn zu erwischen. Denn sie hatte etwas zu beweisen. Legte man sich nämlich mit einem Mitglied der Familie Tigranov an, legte man sich mit allen an. Sie waren wie der schwarze Mann, vor dem sich alle Gestaltwandler fürchteten. Diejenigen, die ihre Geheimnisse bewahrten und Gerechtigkeit walten ließen, wenn sie auch nur im Geringsten beleidigt wurden. Sie war eine ihrer Vollstreckerinnen.

»Na gut, wenn dir *Ehefrau* nicht gefällt, nenne ich dich eben bei deinem alten Spitznamen. *Baby*.« Er sagte es mit spöttischem Unterton.

Früher hatte es ihr gefallen, wenn er sie so nannte. Nun tat es weh. »Du lehnst dich da ziemlich weit aus dem Fenster, besonders in Anbetracht der Tatsache, dass ich diejenige mit der Waffe bin.«

»Was mich überrascht. Ich bin davon ausgegangen, dass du mir ganz altmodisch den Bauch aufschlitzen willst, wie du es bei Lawrence versucht hast. Erinnerst du dich, er war der Trauzeuge bei unserer Hochzeit. Der Typ, den du töten wolltest.«

»Aber ich habe es nicht getan.« Sie hatte nie vorgehabt, ihn tatsächlich zu töten, denn das hätte zu Komplikationen geführt. Aber Angst vor der Familie Tigranov in ihm zu schüren? Das schon. Und dabei half es sehr, wenn man sein Opfer ein wenig verletzte.

»Du hast mich benutzt.«

»Willst du jetzt schon wieder darüber jammern?« Sie verdrehte die Augen.

»Ja verdammt, ich habe jedes Recht, mich zu beschweren. Du hast mich dazu gebracht, dich zu heiraten, nur um Lawrence aus seinem Versteck zu locken.«

»Das kann man wohl sagen. Es war ein brillanter Plan, bis jemand die tolle Idee hatte, den falschen Priester durch einen echten zu ersetzen«, sagte sie und starrte ihn wütend an.

»Ich wollte eben eine echte Hochzeit. Die Hochzeitsbilder sind übrigens toll geworden.«

Sie knirschte mit den Zähnen, aber nicht, weil sie nicht seiner Meinung war. Mit seinem Brief hatte er ihr auch ein Foto geschickt, und auf dem sah sie wirklich verdammt gut aus. »Ich will, dass diese

Bilder zerstört werden, und danach möchte ich, dass du einer Annullierung der Ehe zustimmst.«

Seine Mundwinkel verzogen sich zu einem Lächeln, und das traf sie direkt an bestimmten Stellen ihres Körpers, was nicht hätte sein dürfen. »Warum sollte ich das tun? Ich jedenfalls möchte mich an diesen besonderen Tag erinnern.«

»Warum?«

»Im Gegensatz zu dir meinte ich es ernst, als ich versprach, mit dir zusammen zu sein, bis dass der Tod uns scheidet.«

»Eigentlich sollte ich dich auf der Stelle erschießen und mir den ganzen Ärger mit der Scheidung ersparen.« Aus ihren Worten sprach die Wut.

»Willst du deinem Familiennamen alle Ehre machen?«

»Schließlich gibt es einen Grund dafür, dass ich das Lieblingskind meines Vaters bin.« Ihr Bruder war ein nichtsnutziger Verschwender und ihre Schwester eine langweilige Idiotin.

»Ah, ja, dein Vater. Weiß er von unserer Hochzeit?«

»Nein, und du solltest dir wünschen, dass er es nie herausfindet. Wenn du denkst, dass mein Beschützerinstinkt in Bezug auf meine Cousine zu ausgeprägt ist, solltest du ihn mal sehen, wenn es um mich geht.«

»Warum sollte eine Heirat etwas Schlechtes sein?«

»Weil du ihn nie um seinen Segen gebeten hast.«

Daraufhin zog er die Augenbrauen hoch. »Hätte ich das getan, hätte er dann zugestimmt?«

Sie sah ihn an und lächelte dann langsam. »Du hättest es nie lebend aus seinem Büro geschafft. Papa möchte nicht, dass wir außerhalb unserer Art heiraten. Er möchte den Stammbaum stark halten.«

»Das ist ja witzig, denn ich dachte immer, dass die Tatsache, frisches Blut in die Familie zu bringen, dafür sorgt, drei Augen und zwei Schwänze zu vermeiden.«

Diese Beleidigung brachte sie dazu, laut zu werden. »Wir betreiben keine Inzucht.«

»Wenn du meinst. Ich nehme an, das heißt, dass dein Vater nicht auch gleichzeitig dein Onkel und dein Bruder ist, und dass deine Mutter nicht deine Schwester oder Tante ist.«

»Das ist ekelhaft.«

»Daran muss ich eben denken, wenn du von einem starken Stammbaum innerhalb der Familie und solchen Sachen sprichst.«

»Also, da liegst du jedenfalls falsch. Wir machen

uns große Gedanken darüber, die richtigen Familien miteinander zu verbinden.«

Er verzog das Gesicht. »Das hört sich wirklich fürchterlich an. Ich nehme an, dass du dich deswegen mit *diesem Jungen* verlobt hast?« Er lächelte verächtlich.

Andererseits verstand sie seine Reaktion. Oberflächlich erschien ihr Verlobter wie ein Weichei. Anscheinend hatte ihr Ehemann noch nicht verstanden, dass er nicht der Einzige war, der im öffentlichen Leben vorgab, jemand anderes zu sein. »Wir passen wunderbar zusammen.« Und er hatte auch den Segen ihres Vaters, was viele Vergünstigungen für sie bedeutete.

»Weiß der Goldjunge, dass du eine Mörderin bist?«

Simon gehörte einem ausgesprochen hellen Zweig von sibirischen Tigern an, die eher blond als orange waren. In der Familie Tigranov hingegen gab es viele verschiedene Arten von Streifen, manchmal sogar in braun und schwarz. »Simon weiß alles über mich«, schnurrte sie. »Er kennt jeden Zentimeter meines Körpers, jeden Seufzer und jedes Stöhnen.« Sie tischte ihm eine Lüge auf und wurde mit einem wütenden Knurren als Reaktion seinerseits belohnt.

»Gestehst du etwa gerade einen Ehebruch,

Baby?« Er war ganz offensichtlich aufgebracht. Da hatte sie endlich einen Nerv getroffen, und zwar einen ausgesprochen eifersüchtigen.

Sie zog eine Augenbraue hoch. »Ist es denn wirklich Ehebruch, wenn wir es beide tun?« Noch eine Lüge. Seit ihrer Zeit mit Dean hatte sie mit niemandem geschlafen. Sie hatte einfach keine Lust dazu gehabt und hatte deswegen sogar eine Geschichte für Simon erfinden müssen, warum sie nicht mit ihm schlafen wollte. Sie hatte ihm gesagt, dass er bis zur Hochzeitsnacht warten müsste. Aber er hätte sie ohnehin niemals gedrängt. Doch wie lange würde sich ihr Verlobter mit ein paar keuschen Küssen zufriedengeben?

Wäre sie wirklich dazu in der Lage, Simon zu heiraten und mit ihm ins Bett zu gehen? Nun, da sie Dean wiedergesehen hatte, hatte sie Angst vor der Antwort.

»Hast du mich im Auge behalten?«, fragte er. »Ich fühle mich geschmeichelt.«

»Brauchst du nicht. Ich überprüfe alle meine möglichen Zielpersonen.« Als sie einfach nicht über ihn hinwegkam, hatte sie sich ein wenig näher mit ihm beschäftigt. Und dann hatte sie ihn sporadisch im Auge behalten, weil sie fasziniert von dem war, was sie herausgefunden hatte. Sie hasste sich jedes

Mal selbst, wenn sie nach ihm sah, konnte aber einfach nicht umhin nachzusehen, was er tat.

In der Öffentlichkeit gab er sich als sorgloser Junggeselle – genau mit dieser Fassade hatte er sie auch zuvor schon an der Nase herumgeführt. Es schien sich so gar nicht mit dem ernsthaften Jäger vereinbaren zu lassen, der keinerlei Spuren hinterließ. Doch sie hatte Berichte über seine Arbeit gelesen. Und jetzt wusste sie, wozu er imstande war.

Ein Mann wie er ließ es wahrscheinlich normalerweise nicht auf sich sitzen, wenn er betrogen wurde, und trotzdem hatte er sie die ganze Zeit über nicht belästigt. Er hatte auf sie gewartet, als wüsste er, dass sie eines Tages zurückkehren würde.

»Ist es vielleicht deine Art von Rache, dich der Annullierung unserer Ehe entgegenzustellen? Bist du wirklich so rachsüchtig?« Sie versuchte, ihn bei seiner Ehre zu packen.

»Rache? Ganz im Gegenteil, unsere Heirat war ein Segen. Keine hoffnungsvollen Mamas, die mich mit ihren Töchtern verkuppeln möchten. Nur wunderbare Damen, die sich anboten, mich zu trösten, damit ich darüber hinwegkomme, wie grausam meine Frau mich verlassen hat.«

»Das glaubt dir doch wirklich kein Mensch.«

»Sollte man meinen. Und trotzdem bietet mir

jeden Tag jemand seinen Busen an, um mich daran auszuweinen.«

Natasha war klar, dass er versuchte, sie eifersüchtig zu machen, nur dass sie sich nicht auf seine Spielchen einlassen würde. »Ich bin froh darüber, dass du Menschen in deinem Leben hast, die dich trösten. Es ist wichtig, die richtige Person zu finden, deswegen bin ich auch so froh darüber, dass mein Vater mich Simon vorgestellt hat.« Sie übertrieb maßlos und er kaufte es ihr ab.

»Ich finde es unglaublich, dass deine Familie dich dazu drängt, dieses Arschloch zu heiraten.« Das Schimpfwort kam ihm über die Lippen und zeigte ihr, dass sie eine Delle in seine Rüstung gehauen hatte.

Eifersucht? Das erfreute sie so sehr, dass sie lächelte und ihn noch wütender machen wollte. »Wer behauptet denn, sie würde mich drängen? Hast du ihn dir schon mal angesehen? Er ist groß, gut aussehend und auch ziemlich gebildet. Er hat die Uni als bester seines Jahrgangs abgeschlossen.«

Obwohl sie sich Mühe gab, gelang es ihm, seine aufflammende Eifersucht zu unterdrücken. »Da hast du aber Glück gehabt, dass deine Zwangshochzeit zu wahrer Liebe geworden ist.«

Fast wäre sie mit der Wahrheit herausgerückt:

dass sie ihn nicht liebte. Es wahrscheinlich nie würde. Simon lebte nicht in ihren Gedanken. Er war es nicht, der sie zum Vibrieren brachte.

»Er ist eine gute Partie.« Eine solide Beziehung, aus der perfekte kleine Erben abstammen würden.

»Wenn du es sagst.« Sie konnte aus seinem Ton heraushören, dass er daran zweifelte, und sie hasste ihn dafür, dass er so klug war. Tatsächlich hatte sie nur zugestimmt, Simon zu heiraten, weil sie ihrer Babuschka am Sterbebett ein Versprechen gegeben hatte. Schon merkwürdig, dass sie kein Problem damit hatte, jeden zu töten, der ihre Familie bedrohte. Doch als ihre Babuschka sagte, dass sie sich wünschte, Natasha würde diesen Sankt Petersburg-Erben heiraten und mit ihm Kinder bekommen, hatte sie nicht widersprochen – zumindest nicht viel. Hauptsächlich hatte sie zugestimmt, weil ihre Tante Cecilia sie in den Schwitzkasten genommen und gerufen hatte: »Versprich es ihr sofort, du Närrin, sie liegt im Sterben.« Was sich als nicht ganz wahr herausstellte.

Babuschka wurde auf wundersame Weise wieder gesund, kurz nachdem Natasha zugestimmt hatte, Simon zu heiraten. Und das bedeutete, dass sie immer noch über die Familie herrschen konnte, was für alle, die nicht in eine Tigerfamilie geboren waren, übersetzt hieß, dass sie als Oberkatze den gestreiften Katzen vorstand.

»Bist du jetzt fertig mit deinen Fragen über bevorstehende Hochzeiten?«, fuhr sie ihn an. »Ich würde diese Sache gern hinter mich bringen.«

»Nenn das Kind doch beim Namen, Baby. Du willst die Scheidung. Es ist nur so, ich glaube, dass ich das nicht will. Es fühlt sich falsch an, einfach so aufzugeben.«

Plötzlich war die Waffe wieder auf sein Gesicht gerichtet. »Entweder unterzeichnest du die Papiere, die ich mitgebracht habe, oder ich erschieße dich. Es ist deine Wahl.« Sie hoffte wirklich, er würde sich nicht für Letzteres entscheiden. Sie hatte keine Ersatzkleidung dabei, falls die Sachen, die sie jetzt trug, zu nichts weiter wurden als zu schmutzigen Lumpen, wenn das Blut aus seinen Adern pumpte.

»Es ist sehr schwer, mit dir zu verhandeln, Baby.«

»Es gibt keine Verhandlungen. Entweder du unterschreibst oder du stirbst.«

»Zeig mir mal diese Papiere.«

Sie richtete die Waffe weiter auf ihn, während sie mit der anderen Hand den Umschlag hervorzog, den sie in der langen Tasche an ihrem Oberschenkel dabeihatte. Zum Fallschirmspringen trug sie am liebsten eine Cargohose. Allerdings schaffte sie es nicht, die Papiere ganz aus der Tasche zu ziehen, denn ihr Blick wurde von einem roten Punkt abgelenkt. Sie ließ den Umschlag in ihrer Tasche und beobachtete stattdessen den roten Punkt, der ziemlich schnell über die Wand wanderte und nach einem Ziel suchte.

Die Chance, dass der Laser für sie bestimmt war, betrug weniger als fünfzig Prozent. Das spielte jedoch keine Rolle. Sie rief: »Runter!«

Der Mann diskutierte nicht. Er warf sich auf den Boden, landete auf seinen Händen und folgte mit den Augen dem roten Punkt.

Natasha ging in die Hocke und wirbelte herum, um zu dem Glasfenster zu sehen, das sie eingeschlagen hatte. Jetzt, im Nachhinein, wurde ihr klar, dass es sie als *aufmerksamkeitsheischende Tussi* auszeichnete. Sie hatte darüber nachgedacht, einfach zur Tür hineinzumarschieren, vorher anzuklopfen wie eine Erwachsene, aber ... ihre Art war einfach unterhaltsamer. Sie wollte ihren sogenannten Ehemann unvorbereitet antreffen.

Stattdessen war dieser genauso beherrscht wie immer und benahm sich so, als hätte er schon auf sie gewartet.

Der rote Punkt verschwand wieder, ohne dass

ein Schuss abgefeuert wurde, was sie jedoch nicht davon abhielt, geduckt zur Tür hinauszulaufen, wobei sie die Scherben vermied. Sie hatte die Waffe im Anschlag und war bereit zu schießen.

Als sie in die Nacht hinaustrat, brauchte sie einen Moment, um sich mit all ihren Sinnen zu orientieren.

Sein Schwimmbecken, beleuchtet von den in die Kacheln eingelassenen Lichtern, erhellte die Nacht in Wellen. Die Schatten schienen sich zu bewegen, hauptsächlich wegen des sich bewegenden Wassers, das das Licht bewegte. Sie bemerkte etwas in der Nähe des Poolhauses, mit dem etwas nicht stimmte. Es war viel zu dunkel und voller Schatten.

Sie lief zum Ort der Dunkelheit, nur um einen Blitz aus Fell vorbeiziehen zu sehen, orange und schwarz, mit einer lächerlich flauschigen Mähne und einem buschigen Schwanz ebenfalls in Orange und Schwarz. Die Färbung eines Tigers mit dem Fell eines Löwen. Neville hatte sich in seinen Töwen verwandelt, und der Anblick brachte sie zum Stolpern.

Er war lächerlich und wunderschön zugleich. Wie kam es, dass sie diese Seite von ihm noch niemals gesehen hatte? Ihre stürmische Kennenlernphase hatte ihr nie die Zeit gelassen, den Mann richtig kennenzulernen.

Knurr. Er sprang und etwas kreischte.

»Friss ihn nicht auf«, rief sie. Zumindest nicht, bevor sie nicht herausgefunden hatte, auf wen derjenige es abgesehen hatte. Wahrscheinlich ihren Ehemann. Niemand wusste, dass sie hier war.

Ein Geräusch hinter ihr brachte sie dazu, sich umzudrehen. Mit dem Blick suchte sie das dunkle Haus ab, bevor sie ihn bis zum Dach gleiten ließ. Auf ihrem Weg ins Haus hatte sie einige Sensoren ausgeschaltet und der Helikopterpilot war so freundlich gewesen, sie etwa eineinhalb Kilometer von hier abzusetzen. Sie war mit einem Kurzzeit-Antriebsgleiter hergeflogen. Es half, dass der Wind heute Abend günstig war.

Auf dem Dach stand ein Eindringling mit einem Gewehr, dessen roter Fleck an ihr vorbei in Richtung der raufenden und knurrenden Körper zielte.

»Oh nein, das wirst du nicht tun!« Sie lief zum Terrassentisch, sprang davon ab und griff mit den Fingern nach der Dachkante. Sie ergriff den Dachüberstand und schwang ihre Beine nach oben. In einer Sekunde war sie auf die Terrakotta-Fliesen geklettert und lief der sich schnell bewegenden Zielperson hinterher.

Sie erreichte den Giebel und verschwand auf der anderen Seite. Innerhalb von Sekunden war sie gerade noch rechtzeitig über den Giebel geklettert, um die Person springen zu sehen. Dann, *brumm*, das Dröhnen eines Motors, als derjenige losfuhr und das einzelne rote Rücklicht des Motorrads sie verspottete, während es verschwand.

Verdammt. Sie setzte sich auf die Dachkante und war gerade dabei herunterzuspringen, als ein nackter Mann von der Seite des Hauses kam und schrie: »Komm sofort mit meinem Motorrad zurück, du Arschloch!«

Und man musste zugeben, dass der nackte Neville genauso sexy war wie der nackte Dean und dass der Umstand, dass er jetzt einen anderen Namen hatte, nichts an dieser Tatsache änderte. Sie hatte nie irgendwelche Beschwerden über seinen Körper gehabt. Nicht einmal das gestreifte Fell auf seiner Brust. Sie wusste genau, dass er es am Kopf gefärbt hatte, um es dunkel zu halten. Eine Farbe, die die Verwandlung nicht überlebte. Sein helles, gestreiftes Haar war zerzaust, als er mit der Hand hindurchfuhr, und er klang ziemlich verärgert, als er fragte: »Warum hast du ihn nicht erschossen?«

»Ich erschieße nur die, die es verdient haben.«

Er sah sie wütend an. »Aber mich willst du ständig erschießen.«

Sie zuckte amüsiert mit den Lippen. »Womit meine Worte bewiesen wären.« Sie sprang zu Boden. »Aus welchem Grund würde jemand dich töten wollen?«

»Bis heute Abend war das nicht der Fall.«

»Es fällt mir schwer, das zu glauben.«

Er zuckte mit den Achseln. »Ich behaupte ja gar nicht, dass niemand es jemals versucht hat. Aber normalerweise reicht es nur für einen Schuss.«

»Arrogant.«

»Nicht, wenn es die Wahrheit ist.«

»Hör zu, ich möchte mich nicht in deine Probleme einmischen. Ich bin nur wegen der Scheidung gekommen. Und ich bin mit dir fertig.« Sie zog den Umschlag mit den Dokumenten hervor und hielt sie ihm hin, wobei sie ihr Bestes tat, um ihren Blick auf sein Gesicht und nicht auf diesen verführerischen nackten Körper zu richten.

Er griff nicht nach den Papieren. »Wenn es dir nichts ausmacht, suche ich mir erst einmal eine Hose. Dann mache ich mir einen Drink. Und danach werde ich die Person in meinem Poolhaus befragen.«

Sie blinzelte ihn an. »Du hast den Schützen erwischt?«

»Ich habe eben nicht versagt.« Er stolzierte davon und der Anblick seines Hinterns entschädigte sie ein wenig für seine Beleidigung.

»Die Person, hinter der ich her war, hatte einen ziemlichen Vorsprung«, beschwerte sie sich und folgte diesem Hintern.

»Und du warst langsam. Warum hast du dich nicht verwandelt?«

»Wir haben nicht alle das Bedürfnis, uns in der Öffentlichkeit zu verwandeln.«

»Mein Garten ist nicht die Öffentlichkeit.«

»Sag das deinen beiden Besuchern.«

Er hielt inne und wirbelte herum, um sie wütend anzustarren. »Willst du es mir wirklich zum Vorwurf machen, dass ich hier das Opfer bin?«

Und nur, weil sie wusste, dass es ihn aufregen würde, sagte sie: »Ja.«

»Ich kann verstehen, warum die Tigranovs dich als ihre Abgesandte des Bösen ausgewählt haben.«

Sie blinzelte. »Die offizielle Bezeichnung für meinen Beruf ist *Vollstreckerin*.«

»Das ist doch das Gleiche.«

»Hört sich so an, als wärst du eifersüchtig.«

»Kannst du mir das zum Vorwurf machen?«,

erwiderte er. »Wer wäre nicht gern ein Auftragsmörder für die wichtigsten Leute in unserer Gesellschaft?«

»Jeder, der auch nur einigermaßen normal ist.«

Er lächelte so, dass sie seine Zähne sehen konnte, und sagte: »Wer hat denn behauptet, ich sei normal?«

»Warum ist mir eigentlich vorher nie aufgefallen, wie sarkastisch du bist?«, fragte sie mit gerunzelter Stirn.

»Weil ich dich mochte.«

Die Bedeutung dessen war ganz klar: *Jetzt mag ich dich nicht mehr.*

Eigentlich hätte sie das nicht traurig machen dürfen.

Als sie ums Haus herumgingen und freie Sicht auf das Poolhaus hatten, sagte sie: »Du musst dich gerade über meinen Beruf beschweren, wenn man bedenkt, dass du eigentlich gar nicht als Koch, sondern als Mörder für die Pride Group arbeitest.«

»Als Jäger«, verbesserte er sie. »Und ich fühle mich geehrt, dass du dir die Zeit genommen hast, mich zu überprüfen.«

»Das habe ich nicht ... es ist nur ...«, stammelte sie, als ihr klar wurde, dass sie gerade zugegeben hatte, dass sie Nachforschungen über ihn angestellt hatte. »Hättest du es mir jemals gesagt?«, platzte sie schließlich heraus.

Er zuckte mit den Achseln. »Vielleicht. Aufgrund deiner Schüchternheit hätte ich erst dafür gesorgt, dass du mit meiner gewalttätigen Seite umgehen kannst, bevor ich sie dir gezeigt hätte. Schlimmstenfalls hätte ich einfach meine falsche Identität als Koch beibehalten.«

»Was, wenn ich tatsächlich dieses unschuldige, kleine Mädchen gewesen und davongelaufen wäre, nachdem ich die Wahrheit herausgefunden hätte?«

Sein anzügliches Grinsen war offensichtlich, als er sagte: »Ich hätte dich gejagt.«

Stellte sich nur die Frage, was hätte er getan, nachdem er sie gefangen hatte?

Ein wunderbarer Schauer durchlief ihren ganzen Körper, weil sie an fleischliche Gelüste dachte und nicht an die Schmerzen einer Folter.

»Du benutzt deinen Job als Vorwand«, stellte sie fest.

»Als Liebhaber guten Essens bekannt zu sein, der frische Zutaten bevorzugt, hilft dabei, wenn ich mal aus meiner Stadt wegmuss, um anderswo Dinge zu erledigen.«

»Jedenfalls ist es der perfekte Vorwand«, lautete seine beleidigte Antwort.

Als sie in Richtung der Veranda des Poolhauses kamen, sagte er: »Scheiße.« Die Tür stand sperrangelweit offen.

»Anscheinend bist du ein besserer Koch als Jäger. Wie es aussieht, hat deine Beute sich verdrückt.«

»Das ist unmöglich. Ich hatte ihn fester zusammengebunden als ein Spanferkel am Spieß über einem heißen Feuer für das Weihnachtsessen.«

Einen Moment lang konnte sie das Aroma von gebratener Kruste fast schmecken und ihr lief das Wasser im Mund zusammen. »Du gehst ja ziemlich ins Detail.«

»Ich verdeutliche nur, wie unmöglich es ist, dass der Schütze entkommen konnte.«

»Vielleicht hat eine Windböe die Tür geöffnet.«

Er ging ins Poolhaus und kam mit einem Seil in der Hand und schüttelndem Kopf wieder heraus. »Er ist weg. Verdammt.« Er zog sich einen Bademantel an und machte den Gurt zu. Schade. Er brauchte sich wirklich nicht zu verstecken.

»Für so einen großen Jäger sind deine Sicherheitsvorkehrungen wirklich der letzte Mist«, stellte sie fest.

»Vielleicht sollte ich einen Profi anheuern, um alles auf Vordermann zu bringen.«

Sie zog eine Augenbraue hoch. »Du brauchst mich gar nicht erst anzusehen. Ich bin für diese Arbeit nicht zu haben, weil ich nämlich in einer Woche heiraten werde.«

»Sobald schon, was?« Er wandte sich von ihr ab und ihre Aufmerksamkeit wurde von etwas Rotem in einem der Blumentöpfe neben der Tür des Poolhauses auf sich gezogen.

War da ein Licht gewesen? »Hast du da eine Kamera in der Hibiskuspflanze versteckt?«

Er drehte sich um, sein Blick folgte ihrem ausgestreckten Finger und er sah unter den Blättern nach. »Verdammt. Eine Bombe. Geh in Deckung.« Er hatte sich gerade in ihre Richtung geworfen, als die Bombe hochging.

Kapitel Vier

Der Aufprall der Bombe warf ihn von den Füßen und Dean flog direkt vom Rand des Pooldecks ins Wasser, was besser war als über die Klippe. Glücklicherweise traf er das Schwimmbecken in seiner menschlichen Gestalt. Seine Katze, die ein wenig wie ein Weichei aussah, war der Meinung, es wäre Zeitverschwendung, wenn das Wasser keinen Schaum und kein Entchen hatte.

Er traf mit den Füßen zuerst im Wasser auf und sank auf den Boden, was ihm einen gewissen Schutz gegen Kugeln und andere Geschosse bot, die verletzen konnten. Dean hielt die Augen offen und beobachtete, so gut er konnte, durch die Aufregung hindurch, wie die Dinge mit ihm in das Becken plumpsten. Ein Gartenstuhl, ein Teil eines Tisches,

Holzstücke vom Poolhaus, seine bewusstlose Ehefrau ...

Was für ein Chaos. Er würde eine ganze Truppe brauchen, um das Schwimmbecken zu entleeren und zu säubern, ganz zu schweigen vom Wiederaufbau seines Poolhauses – profane Aufgaben, die er für wichtigere Dinge in den Hinterkopf verbannte.

1. Wer zum Teufel hatte mit einer Bombe bewaffnete Scharfschützen zu seinem Haus geschickt?

2. War derjenige hinter ihm her oder hinter etwas anderem? Und ...

3. Wenn er nicht etwas täte, um Natasha zu retten, würde er als Witwer enden.

Seltsamerweise war er trotz ihrer Haltung nicht gerade begeistert von dieser Idee. Er begann, durch das Becken zu schwimmen, und hielt dabei auf ihren sinkenden Körper zu, und dann schwamm er schneller, als ihr Schwung nachließ und sie völlig entspannt begann, aufwärts zu treiben. Er war ihr jetzt so nahe, dass er sehen konnte, dass ihre Augen geschlossen waren und ihre Glieder schlaff herabhingen. Er entdeckte kein Blut, aber er wusste genau, dass die schlimmsten Verletzungen manchmal überhaupt keine Anzeichen zeigten.

Positiv zu verzeichnen war, dass keine weiteren

Trümmer von der Explosion auf die Oberfläche des Wassers trafen und es anfing, sich zu beruhigen, sodass sie zur Zielscheibe wurden. Letzteres war nicht so positiv.

Mit einem wachsamen Blick für die Kugeln, die vielleicht durchs Wasser kommen würden, schwamm er so lange, bis er die Hand ausstrecken und Natasha packen konnte, wobei er seine Finger um ihren schlanken, aber muskulösen Arm schloss. Vor Monaten war er tatsächlich auf ihre Geschichte hereingefallen, dass die unglaubliche Körperspannung und Definition von Hot Yoga stammte.

Jetzt wusste er es besser.

Dean hielt sie fest, schwamm in Richtung Oberfläche und zerrte ihr Gesicht an die Abendluft. Er ließ den Blick hin und her schweifen, suchte nach Bewegung, lauschte auf Anzeichen des Feindes. Aber der war bereits geflohen. So jedenfalls behaupteten seine Instinkte.

Er entspannte sich jedoch nicht, bis er hörte, wie Natasha einatmete. Er hielt sie weiter fest, während er sich dem flachen Ende des Beckens näherte. Weg von den lodernden Flammen.

Sein Poolhaus brannte und in der Ferne hörte er Sirenen. Neugierige Nachbarn. Es mögen einige hundert Meter zwischen den Grundstücken liegen, aber sobald er den Grill anzündete – mit einer Dose Feuerzeugflüssigkeit und genügend Holzkohle, um Dutzende von Steaks zu braten – kamen die Feuerwehrleute auf sein Grundstück getrampelt. Sie empfahlen ihm, nicht nur einen, sondern zwei Feuerlöscher in der Nähe zu haben, und verließen ihn dann mit Entschuldigungen – und Bäuchen voller Steaks – und bereuten es kein bisschen, hergekommen zu sein. Jedes Mal wachte sein Nachbar Frank auf, weil etwas in sein Haus gepinkelt hatte.

Vielleicht war es an der Zeit, einen neuen Nachbarn zu besorgen, weil es unangenehm war, dass menschliche Beamte immer so schnell auftauchten. Sie stellten Fragen, die er nur schwer beantworten konnte – weil die Wahrheit keine Option war.

Als er mit Natashas schlaffem Körper in den Armen über die flache Treppe des Schwimmbeckens ausstieg, ging er direkt ins Haus und bewegte sich so schnell, wie er es mit seinen nassen Füßen auf Marmor und Hartholz wagte. Er hatte nicht viel Zeit, um etwas tun, aber er traf schnell ein paar Vorkehrungen, bevor die ersten Feuerwehrautos und Polizisten vor Ort eintrafen.

Als sie in den Hinterhof liefen und unterwegs seinen Garten zertrampelten, spritzte Dean mit einem Gartenschlauch in die Flammen, eine Zigarre im Mund, sein nasses Hemd stank nach Alkohol, sein Grinsen das eines teilweise betrunkenen reichen Jungen.

»Hallo, die Herren Polizisten.« Er grüßte sie mit der Hand, in der er auch den Wasserschlauch hielt. Die Polizisten kreischten auf, als er sie vollspritzte – nicht ganz zufällig. Er unterdrückte ein Lächeln, als sie zurücksprangen.

»Was ist denn hier los?«, bellte eine dunkelhäutige Polizistin mit grauen Strähnen in ihrem schwarzen, gelockten Haar. Sie trug eine dunkelblaue Uniform und hatte die Hand auf dem Kolben ihrer Waffe. Auf ihrer Jacke stand der Name *Beaumont*. Sie ließ den Blick zwischen ihm und den Flammen hin und her wandern.

»Ich habe mir nur noch ein Gläschen und eine Zigarre genehmigt.« Er zwinkerte ihr zu und wedelte mit der Hand mit der Zigarre und dem Wasserschlauch zusammen. Diesmal sprühte er niemanden nass. Während sie an seiner Seite blieb, liefen die Feuerwehrleute mit ihren gelben Hosenträgern an ihm vorbei und zogen einen dicken Schlauch hinter sich her, bei dem er das Gesicht verzog. Sein armer Rasen.

»Wir wurden über eine Explosion informiert.«

»Aber natürlich«, rief Dean. Er wandte seinen

Schlauch den Rücken der Feuerwehrmänner zu, die gegen das kleiner werdende Feuer ankämpften. »Das kleine Feuerchen da kostet mich ein Vermögen. Wer hätte gedacht, dass der alte Whisky so leicht in Flammen ausbricht?«

»Sie sind für dieses Feuer verantwortlich, Sir?«

Er lächelte, als er log: »Das bin ich. Aber nicht absichtlich. Könnten Sie mir einen Gefallen tun?« Er senkte die Stimme und sah Officer Beaumont verschwörerisch an. »Sagen Sie es nicht meiner Frau.«

»Zu spät, du Idiot!« Natasha kam aus dem Haus, das Haar in ein Handtuch gewickelt, sie in seinem Bademantel, der bei ihm normalerweise bis zum Knie reichte, bei ihr jedoch bis zu den Knöcheln. »Was hast du jetzt schon wieder gemacht?«

»Gar nichts«, sagte er, duckte den Kopf und verschränkte die Hände hinter dem Rücken, was dafür sorgte, dass noch mehr Wasser verspritzt wurde.

»Sir!«, rief die Polizistin.

»Ups.« Er zuckte mit den Achseln, als er den Knopf am Ventil des Schlauches losließ, wodurch das Wasser aufhörte zu fließen.

»Du rauchst und trinkst wieder?«, rief Natasha und zeigte drohend mit dem Finger auf ihn. »Ich dachte, wir hätten schon darüber gesprochen. Du solltest es dir doch abgewöhnen.«

»Es war doch nur eine Zigarre.«

Sie tippte mit dem Fuß und zog eine Augenbraue hoch.

»Und vielleicht ein Gläschen Whisky oder auch zwei.«

»Meine Mutter hatte recht. Ich hätte dich niemals heiraten dürfen«, rief sie.

»Aber, Baby, ich liebe dich doch.«

»Wenn du mich lieben würdest, würdest du damit aufhören. Aber nein, du musst dich rausschleichen, während ich ein Bad nehme, und das …«, sie gestikulierte mit der Hand auf die Umgebung, »ist dann das Resultat. Mir reicht's.« Sie stolzierte zurück ins Haus und ließ ihn mit einer grinsenden Polizistin zurück.

»Ich nehme an, Sie können jetzt nicht reingehen und behaupten, es sei Brandstiftung gewesen?«, fragte er hoffnungsvoll.

Die Frau schnaubte verächtlich. »Wollen Sie etwa, dass ich lüge?«

»Ich würde sagen, das ist ein Nein.« Er versuchte, niedergeschlagen zu klingen, doch insgesamt war alles besser gelaufen, als er es zu hoffen gewagt hatte.

Ihre kleine Szene hatte gewirkt. Das Schauspiel war leichter zu glauben als die Realität. Die Polizistin fragte sich nicht, wie eine explodierende Flasche Alkohol so viel Schaden anrichten konnte. Fragte nicht, warum seine Frau noch so spät abends ein Bad nahm, und wie er überhaupt an Whisky herangekommen war, wenn er sich das Trinken abgewöhnen wollte.

Es dauerte länger, als ihm lieb war, bis die Feuerwehrleute das Feuer gelöscht hatten und von seinem Grundstück verschwunden waren, doch als das endlich der Fall war ... war Dean mit seiner Frau alleine, die nur einen Bademantel trug, in seinem Haus, ohne Waffe und nur mit einer Kerze.

Das konnte eines von zwei Dingen bedeuten ... entweder Mord oder Verführung.

Kapitel Fünf

Natasha tat so, als würde sie lächeln und ihren Mann schelten, während das Feuer gelöscht wurde und die Polizistin einen Bericht schrieb.

Es dauerte ewig, bis sie weg waren.

Es dauerte ewig, bis sie sich umdrehen und den Mann, der zufällig ihr Ehemann war, anstarren konnte.

Jemand, der fast gestorben war. Gut, dass er das nicht getan hatte, denn er hatte ihr das Leben gerettet.

Wie war sie von dem Plan, ihn möglicherweise zu töten, dazu übergegangen, einen Scharfschützen daran zu hindern, ihn zu erschießen? Es wäre viel einfacher gewesen, ihr Problem einem Fremden zu überlassen. Jetzt musste sie mit ihm und seiner nervigen, heiteren Einstellung fertigwerden.

»Ich weiß ja nicht, wie es dir geht, aber ich brauche jetzt erst mal einen Drink, und dann möchte ich mich umziehen. Und ich glaube, dass auch eine heiße Dusche angebracht wäre. Möchtest du mit mir unter die Dusche springen?« Sein Grinsen glich dem einer Straßenkatze.

»Nein, ich möchte nicht mit dir duschen. Ich möchte Antworten haben.«

»Was denn für Antworten? Zu den großen Fragen des Lebens? Die hat Douglas Adams doch bereits in seinem Buch *Per Anhalter durch die Galaxis* beantwortet.«

Sie konnte nicht umhin, bei der dummen Antwort zu blinzeln. Als sie nicht reagierte, fuhr er fort: »Die Antwort auf die Frage nach dem Sinn des Lebens ist übrigens zweiundvierzig.«

»Wie kann eine Zahl die Antwort auf die Frage nach dem Sinn des Lebens sein?«

Er zuckte mit den Achseln. »Da musst du schon den Computer fragen, der sie ausgespuckt hat. Aber ich würde annehmen, dass die Antwort stimmt, wenn man davon ausgeht, dass er mehrere Millionen Jahre gebraucht hat, um diese Antwort zu finden.«

»Ein fiktiver Computer in einer fiktiven

Geschichte?«

»Du weißt ja, es heißt, alle Geschichten, selbst die Unglaublichsten, tragen einen Kern Wahrheit in sich.«

»Kennst du all die Geschichten darüber, wie schlimm die russische Mafia ist?«, erwiderte sie mit hochgezogener Augenbraue. »Die sind alle wahr, nur dass die Geschichten weniger schlimm sind als die Realität.«

»Dann ist es wahrscheinlich von Vorteil, dass ich mit einer von ihnen verheiratet bin.« Er zwinkerte ihr zu.

»Wir sind nicht verheiratet«, erklärte sie, als würde es einen Unterschied machen.

»Das behauptest du ständig, und trotzdem haben wir vor der Polizistin das perfekte Ehepaar abgegeben, das miteinander streitet. Ich muss schon sagen, als du mir gesagt hast, dass ich jetzt auf der Couch schlafen muss, warst du perfekt.« Er küsste seine Fingerspitzen und ein Schauder durchlief sie.

Sie hatte nicht vergessen, wie seine Lippen sich auf ihrer Haut anfühlten.

»Dir ist kalt. Wir sollten wieder reingehen und tatsächlich diese heiße Dusche nehmen, von der ich gesprochen habe. Nach dir.« Er deutete eine Verbeugung an.

»Ich will nicht duschen.«

»Das sagst du jetzt, aber was, wenn ich verspreche, dir den Rücken einzuseifen?«

»Fass mich an und ich werde dich ertränken.«

»Du bist ja heute Abend ganz schön kratzbürstig. Man sagt ja, dass Stimmungen eng mit der sexuellen Energie verbunden sind. Taugt dieser Simon nichts?«, fragte er auf dem Weg ins Haus.

»Mein Sexualleben geht dich gar nichts an.«

»Ganz im Gegenteil, Ehefrau. Ich habe ein ausgesprochen großes Interesse daran.« Er hielt inne, als sie das Haus betraten, und sie musste sich fragen, wie der Polizistin die Scherben der eingeschlagenen Tür entgangen waren. Andererseits hatte Neville ganze Arbeit geleistet, als er die Scherben unter die Vorhänge geschoben und vor neugierigen Blicken versteckt hatte.

»Würdest du dich besser fühlen, wenn ich dir versichere, dass ich regelmäßig Orgasmen habe?«

»Selbstbefriedigung ist zwar gesund, aber kein Vergleich zu einem echten Orgasmus mit Partner. Soll ich dir den Unterschied mal zeigen?« Er grinste eindeutig, als er es ihr anbot, und was noch schlimmer war, sie geriet in Versuchung.

»Kannst du bitte einen Moment lang aufhören, Witze zu machen?«, sagte sie genervt. »Anstatt dir

Gedanken über mein Sexualleben zu machen, sollten wir lieber mal darüber reden, warum jemand versucht, dich umzubringen.« Und später würde sie sich dann damit beschäftigen, warum sie das überhaupt interessierte.

Er warf ihr über die Schulter einen Blick zu, als er durch den Wintergarten ging. »Warum denkst du, dass sie hinter *mir* her waren?«

»Keiner wusste, dass ich herkomme.«

»Vielleicht ist dir jemand gefolgt.«

»Jetzt redest du einfach nur Blödsinn. Niemand würde es wagen, mich zu verfolgen.« Schließlich gehörte sie einer Familie an, bei der der Tod im Vergleich zu der Alternative gnädig erschien. Ihr Vater war nicht die Art Mann, die es zulassen würde, dass man seiner Tochter wehtat.

»Ich könnte das Gleiche behaupten. Warum sollte jemand mich verfolgen? Mich zu töten würde ganz schlimme Folgen haben.«

»Arrogant bist du ja gar nicht, was?«

»Doch, immer. Allerdings muss ich zugeben, dass ich schon ziemlich viele Feinde habe. Ich würde wetten, dass das auf dich auch zutrifft.«

»Mir wurde schon von klein auf beigebracht, nie jemanden am Leben zu lassen, der mir später schaden könnte«, lautete ihre freche Antwort.

»Jeder hat das Potenzial, dir zu schaden, wie entscheidest du also, wer weiterleben darf und wer nicht?«, wollte er wissen.

»Möchtest du jetzt wirklich ethische Grundsätze mit mir diskutieren?«

»Warum nicht? Ich habe schon einmal zuvor gedacht, dass ich dich kennen würde. Aber anscheinend habe ich nicht die richtigen Fragen gestellt«, stellte er fest und ließ sich sein feuchtes Hemd, das nach Alkohol roch, von den breiten Schultern gleiten.

»Du willst herausfinden, was für eine Art von Person ich bin?« Ihr Ton wurde ein wenig höher. »Ich bin die Art von Person, die keinerlei Gnade zeigt, wenn ihr wehgetan wird.«

»Das ist bei den meisten Leuten so.«

»Ich kann außerdem manchmal gnadenlos sein, wenn ich jemanden nicht mag.«

»Das ist auch nicht besonders spezifisch. Was, wenn eine zufällige Handlung dir eine Person unsympathisch macht? Zum Beispiel schneidet jemand dich im Verkehr und verursacht fast einen Unfall.« Er warf das ruinierte Hemd in einen Mülleimer, der geschickt in seinem Wohnzimmer versteckt war.

»Es ist mir egal, ob ich denjenigen kenne oder

nicht. Schneide mich, und ich mache mir eine Notiz von deinem Kennzeichen und komme später vorbei, um dir die Reifen zu zerstechen. Manchmal zertrümmere ich auch die Windschutzscheibe mit einem Baseballschläger. Leute, die nicht Auto fahren können, sollten keinen Wagen haben.«

»Ich hatte ja keine Ahnung, dass dich das Autofahren so wütend macht.«

»Weil ich dich immer fahren lasse.« In dem Moment wäre er wahrscheinlich erstaunt über die Schimpfworte gewesen, die sie von sich gab, wenn sie hinter dem Steuer saß.

»Gibt es sonst noch irgendetwas, das ich wissen sollte und das nicht dokumentiert ist?«

»Wie wäre es mit der Tatsache, dass ich dich mit der Gabel steche, wenn du versuchst, mir ein Stück Käsekuchen zu klauen.«

»Wirklich?« Er zog eine Augenbraue hoch. Das war verwegen und ein wenig extrem. »Na toll, jetzt habe ich Verlangen danach.«

»Können wir mit dem Gerede aufhören? Wir müssen über Bomben und Mörder sprechen.«

»Du bist doch diejenige, die vom Thema abgekommen ist.«

Sie hätte nicht sagen können, ob diese Behauptung stimmte, denn um ehrlich zu sein, wurde sie immer wieder von seinem nackten Oberkörper abgelenkt. Unter der glatten Haut spielte die wohl definierte Muskulatur, an die sie sich erinnerte. Mal ganz abgesehen davon, wie sein Oberkörper zur Hüfte hin schmaler wurde, und dann war da noch der feste Hintern, der in der engen Badehose perfekt zur Geltung kam.

»Weißt du, wer dich töten möchte?«

»Weißt du, wer *dich* töten möchte?«, entgegnete er.

»Du zum Beispiel.«

»Falsch, liebe Ehefrau. Wenn ich Witwer werden wollte, hätte ich dich schon längst selbst entsorgt.«

»So leicht lasse ich mich nicht umbringen.«

»Aber nur, weil ich es noch nicht versucht habe«, antwortete er selbstbewusst.

»Würdest du mich wirklich töten?« Sie klimperte mit den Wimpern.

Sein Lächeln war gleichzeitig tödlich und unglaublich attraktiv, als er sagte: »Ich bin genau wie du. Wer mich hintergeht, bekommt keine zweite Chance.«

»Ich habe dich hintergangen.« Sie würde jetzt nicht anfangen, das zu leugnen.

»Das hast du. Und trotzdem habe ich dich am

Leben gelassen, Baby. Hast du dich mal gefragt wieso?«

»Nein.« Weil Natasha überhaupt nicht auf den Gedanken gekommen wäre, dass er versuchen könnte, ihr etwas anzutun. Zumindest nicht der Mann, den sie gekannt hatte. Wenn auch nur kurz. Und unter den falschen Umständen. Selbst jetzt war sie immer noch davon überzeugt, dass er ihr nichts tun würde. »Du würdest mich niemals töten.«

»Ich glaube, das ist das Wahrste, was ich jemals aus deinem Mund gehört habe.«

»Willst du jetzt schon wieder jammern, weil es mir gelungen ist, dich auszutricksen?«

»Oh, du hattest mich wirklich bei den Eiern. Und es hat mir gefallen. Sag mir Bescheid, wenn du jene Momente noch einmal durchleben möchtest.« Er zwinkerte ihr zu.

Das wollte sie – gern hätte sie sein Angebot angenommen. Doch sie würde es nicht tun. Schließlich hatte sie eine Aufgabe zu erfüllen.

»Kommen wir mal auf die Angreifer zurück.«

»Du wechselst das Thema? Wirst du etwa nervös?«

Sie ging darauf nicht ein. »Als du dein Opfer gefesselt hast, konntest du da irgendetwas über dessen Identität herausfinden? Oder vielleicht, für wen derjenige arbeitet?«

»Ich hatte keine Zeit, ihn zu befragen, denn kaum hatte ich ihn ordentlich gefesselt, habe ich mich auf die Suche nach dir gemacht. Gerade rechtzeitig, um deinen kleinen Knackarsch zu retten.«

Er fand ihren Hintern knackig? Sie würde sich von so einem lächerlichen Kompliment nicht ablenken lassen. Sie käme zu mädchenhaft rüber. »Ich habe deine Hilfe nicht gebraucht. Ich kann schon selbst auf mich aufpassen. Du hättest dich wirklich besser auf den Angreifer konzentrieren sollen. Wegen deiner stümperhaften Knoten haben wir den Typen jetzt verloren.«

»Es handelte sich aber um ein Mädchen. Du bist ja ziemlich sexistisch, was?«, neckte er sie.

Sie sah ihn wütend an. »*Typ* kann man für beide Geschlechter sagen.«

»Nicht in dem Zusammenhang, in dem du es benutzt hast.«

Er hatte recht, doch das würde sie nicht zugeben. »Kommen wir auf das Mädchen zurück, das du nicht richtig gefesselt hast.«

»Ich hatte es eigentlich ziemlich gut gefesselt, nur damit du das weißt. Knoten habe ich wirklich recht gut drauf.«

»Ich auch. Und wenn ich einen Typen festgebunden habe, entkommt er nicht, bis ich mit ihm fertig bin.« Sie sorgte mit Absicht dafür, dass es sich zweideutig anhörte, und wurde mit einem Aufblähen seiner Nasenlöcher belohnt.

Er wandte sich von ihr ab, als er mit angespannter Stimme sagte: »Also, Baby, wer hätte gedacht, dass du diese Art von Spielchen magst. Vielleicht hätte ich dich nach der Hochzeit doch ein wenig versohlen sollen, weil du ein böses Mädchen warst.«

»Wenn du meinen Hintern auch nur anfasst, breche ich dir die Hand.«

»Sehr verführerisch«, knurrte er und wandte sich mit einem Drink in der Hand von der Kommode zu ihr um. Er hielt ihn ihr hin. »Scotch? Leider habe ich keinen Wodka mehr im Haus.«

»Ich brauche keinen Drink. Ich will mehr über die Frau erfahren, die entkommen ist. Kannst du sie beschreiben?«

Zuerst nahm er einen großen Schluck von seinem Getränk. »Sie war kleiner als du. Dicker. Schwerer.«

»Welche Haarfarbe hatte sie?«

»Keine Ahnung.«

»Welche Farbe hatten ihre Augen? Ihre Haut?«

Er zuckte mit den Achseln. »Sie hatte eine Haube auf. Ich konnte nur einen kurzen Blick auf sie werfen, bevor ich losgezogen bin, um dich zu finden.«

»Oh Mann.« Natasha begann, auf und ab zu gehen. »Das hilft wirklich kein bisschen.«

»Hast du etwa vor, sie zu jagen? Es überrascht mich, dass dir das überhaupt etwas ausmacht. Hast du nicht gesagt, es würde all deine Probleme lösen, zur Witwe zu werden?«

Das stimmte, wenn er allerdings sterben sollte, dann wollte sie dafür verantwortlich sein und die Bedingungen selbst festlegen. »Wenn jemand vorhat, dich zu töten, will ich wissen warum.«

»Na also, Baby, wusste ich doch, dass ich dir nicht egal bin.« Er strahlte und prostete ihr mit seinem Glas zu.

Sie machte ein düsteres Gesicht, vor allem deshalb, weil ihr klar war, dass er sie zu reizen versuchte. »Du bist mir völlig egal. Ich will mich nur davon überzeugen, dass dieser Anschlag nicht mir oder meiner Familie gilt.«

»Autsch. Wie kaltherzig du bist, Baby.«

»Würdest du bitte damit aufhören? Ich bin nicht dein Baby.«

»Aber du bist meine Frau, bis ich diese Papiere

unterzeichne. Die übrigens verschwunden sind. Sie haben das Bad wohl nicht überlebt.«

»Wo sind meine Klamotten?« Sie war nackt unter der Decke in seinem Bett aufgewacht, ihre durchweichte Kleidung war nirgendwo zu sehen. Es war nicht schwer gewesen, ein zu großes T-Shirt und einen Bademantel zu finden, den sie anziehen konnte, als sie so getan hatte, als wäre sie seine Frau.

Obwohl sie ja eigentlich gar nicht so tun musste. Sie waren ja tatsächlich verheiratet. Das hatte sie immer noch nicht ganz begriffen.

»Ich habe deine Sachen in den Wäschekorb geworfen. Ich hatte keine Zeit mehr zu waschen, bevor die Behörden eingetroffen sind.«

»Du weißt aber schon, dass die Polizisten dich als reichen Alkoholiker ansehen?«

»Ja.«

»Gute Tarnung«, gab sie widerwillig zu, nicht ohne ein wenig Bewunderung. Er hatte sich so in der Öffentlichkeit versteckt, und viele seiner Taten waren als Partys durchgegangen, bei denen übertrieben wurde.

»Deine Tarnung ist auch nicht schlecht.«

»Du meinst wohl perfekt. Ich bin genau das, was ich vorgebe zu sein. Eine reiche Tochter mit einem Vater, der ihr jeden Wunsch von den Augen abliest.«

Sein Mund verzog sich zu einem halben Grinsen. »Und die Leute tötet, wenn sie ihrer Familie gegenüber einen Fehler machen.«

Sie zuckte mit den Achseln. »So bin ich eben groß geworden.« Ihr Vater hatte sie mit einem sehr großen Familiensinn aufgezogen, vielleicht sogar ein wenig übertrieben, nachdem ihre Mutter gestorben war. So manch einer würde ihren Vater einen gemeinen Mistkerl nennen. Und so erschien er Außenstehenden vielleicht. Doch er liebte seine kleine Tochter.

»Ich brauche Klamotten«, stellte sie fest und sah an dem blauen Bademantel hinab.

»Sag mir jetzt nicht, dass du keine Ersatzklamotten mitgebracht hast.« Er lachte verächtlich. Er wollte damit sagen, dass sie vorausschauend hätte handeln sollen. Allerdings musste man zu ihrer Verteidigung sagen, dass sie nicht damit gerechnet hatte, schwimmen zu gehen.

»Ich bin ohne Gepäck gekommen.«

»Nur gut, dass ich zufällig ein paar Sachen habe, die dir passen könnten.« Ein ganzes Zimmer voll, um genau zu sein. Frauenkleidung in allen Stilrichtungen und Größen.

Sie konnte sich ein säuerliches »Du hast wohl oft Gäste?« nicht verkneifen.

»Ja«, knurrte er, »die verdammten Schlampen des Rudels glauben, sie könnten jederzeit auftauchen.«

Sie erwiderte aufgebracht: »Bei deiner Einstellung ist es ein Wunder, dass sie dir noch nicht die Kehle durchgeschnitten haben.«

»Warum sollten sie das tun, wenn sie mich lieben?«, entgegnete er bedächtig. »Wenn ich *Nein* sage, heißt das für sie nur, dass ich so tue, als sei ich nicht so leicht zu haben. Also kommen sie weiter rüber. Sie bringen mir zu essen. Lassen ihre Sachen hier. Versuchen manchmal, in mein Bett zu kriechen, wenn ich schlafe.«

Sie erstarrte und konnte den heißen Stich der Eifersucht, der sie überkam, nicht aufhalten. »Ich bin mir sicher, dass all ihre Aufmerksamkeiten dich nerven.«

»Ich schlafe gern allein. Und als Koch kann ich all diese Desserts mit Gelatine und Sahne, die sie mitbringen, nicht gutheißen. Wenn sie wirklich mein Herz gewinnen wollen, sollten sie es mit selbst gemachter Pasta mit Tomatensoße oder einem Braten mit allen Beilagen versuchen.« Er klang sehnsuchtsvoll.

Doch sie rückte ihm sofort den Kopf zurecht. »Ich koche nicht.«

»Nur gut, dass ich es tue. Heißt das, dass du dann die ganzen Einkäufe erledigst?«

Ihr Mund wurde zu einem runden O vor Überraschung. »Nein.«

»Und wie ist es mit dem Hausputz? Sollen wir eine Putzfrau anstellen oder sollen wir uns die Aufgaben teilen? Du übernimmst den Müll, das Staubsaugen und Wischen der Böden. Ich kümmere mich um den Abwasch und die Toilette.«

»Was zum Teufel soll das?«

»Ich versuche herauszufinden, ob eine Scheidung der richtige Schritt ist. Stell dir mal vor, wir handeln voreilig, wenn wir doch eigentlich das perfekte Paar sind.« Er lächelte.

Natasha machte als Antwort ein finsteres Gesicht. »Wir lassen uns scheiden.«

»Vielleicht.«

Sie hätte sich fast auf ihn geworfen. Er würde nicht so selbstgefällig grinsen, wenn sie ihm ein paarmal ins Gesicht schlug. Sie hasste es zu verlieren. Man brauchte nur ihren Cousin Ivan zu fragen, der ihr nie wieder in die Augen sah, nachdem er geprahlt hatte, dass er in dem Videospiel, das sie beide spielten, bis zum Cheflevel gekommen war. Er hatte auch nie wieder Videospiele gespielt.

Mit einem Mischmasch aus Klamotten

bekleidet sah sie auf die Uhr. Es war noch nicht ganz Morgen, aber es war schon längst Schlafenszeit.

Vielleicht sollte sie in ihr vorläufiges Zuhause gehen, ein paar Stunden schlafen, dann eine weitere Kopie der Scheidungspapiere holen und ... Moment mal. Dazu musste sie Neville Horatio Fitzpatrick allein lassen. Ganz allein. Mit zwei potenziellen Attentätern auf freiem Fuß, vielleicht sogar mehr – und Frauen, die dachten, sie könnten einfach vorbeischauen und ihren Mann verführen.

Sie sah ihn an. »Du wirst eben mitkommen müssen.«

»Gehst du irgendwohin?«

»Ja, und aufgrund der Tatsache, dass ich deine Unterschrift brauche, kommst du auch mit.«

»Ich bin müde. Der einzige Ort, an den ich mich jetzt noch begebe, ist mein Bett.«

Er ging von ihr weg und den Gang hinunter, was sie wusste, weil sie ihm folgte.

»Du kannst doch nicht ernsthaft in Erwägung ziehen hierzubleiben.«

»Und warum nicht?«

»Da wäre zum einen mal die zerbrochene Glastür.«

»Diese explodierende Whiskyflasche hat wirklich ein ziemliches Chaos hinterlassen.« Das war die Erklärung, die er der Polizistin gegeben hatte.

»Du bist hier nicht sicher.«

»Behauptest du. Ich fühle mich hier jedoch wohl.« Er ließ sich aufs Bett fallen, ein Wasserbett, wie sie feststellte, da es wogte, als er darauf landete.

Weil sie auf ihrer Suche nach frischen Klamotten nicht nur ein Messer, sondern auch eine Pistole gefunden hatte, hatte sie keinerlei Bedenken, eine Kugel in seine Matratze zu schießen.

Platsch.

Sie stand genau so weit weg, dass die daraus resultierende Sturzflut sie nicht erreichte. Der Mann, der in dem völlig durchweichen Bett lag, seufzte schwer. »Du hast gewonnen. Wenn du darauf bestehst, dann bring mich eben in deine privaten Gemächer.«

»Es handelt sich vielmehr um das Haus eines Freundes.«

»Das ist sogar noch abgefahrener. Werden wir gemeinsam auf der Couch schlafen? Wenn das nicht der Fall sein sollte, würde ich lieber einfach ein Zimmer mieten.«

»Seit wann bist du denn so eine Mimose?«

»An deiner Stelle würde ich den Mund nicht so weit aufreißen, Baby. Wenn man den Gerüchten

Glauben schenken darf, ist das Beste gerade gut genug für dich, und du regst dich fürchterlich auf, wenn du nicht bekommst, was du haben willst.«

Sie zuckte kokett mit den Schultern. »Du bist nicht der Einzige, der vorgeben kann, ein Dilettant zu sein.« Wusste er, wie viel er preisgab, als er zugab, dass er ihr online gefolgt war? Wie viel genau wusste er über sie? Wenn er so gute Quellen wie sie hatte, dann könnte das eine ganze Menge sein.

Oder er spielte mit ihr, weil jeder, der ihren Ruf wirklich kannte, damit nicht zu sorglos umging. Plötzlich zückte er ein Handy und machte ein Foto von ihr.

»Was machst du denn da?«, kreischte sie, als ihr klar war, dass sie ein Handtuch auf dem Kopf hatte. »Lösch das sofort wieder.«

»Zu spät. Ich habe es schon gepostet.«

»Und wo? Du Idiot. Du solltest es besser schnell wieder löschen, bevor jemand es sieht.«

»Spielt es denn wirklich eine Rolle?«, fragte er.

»Ich sollte eigentlich in Europa sein, auf dem Weg nach Italien zu einer Junggesellinnenparty.«

Seine Miene hellte sich auf. »Verdammt. Ja. Weißt du, dass das heißt, dass ich auch einen Junggesellenabschied feiern darf? Mit Stripperinnen.«

Ihre Finger zuckten und sie hätte gern irgendetwas nach ihm geworfen. »Du bist es aber nicht, der heiratet.«

»Weil ich schon verheiratet bin. Wenn du also nach vollendeter Tatsache noch einen Junggesellinnenabschied feiern kannst, kann ich das auch. Oder möchtest du, dass wir uns zeitgemäß verhalten und eine gemeinsame Party veranstalten?«

»Wir lassen uns scheiden«, zischte sie, während er weiterhin so tat, als wäre es eine gute Idee, es tatsächlich miteinander zu versuchen.

»Das behauptest du. Aber noch ist die Scheidung nicht durch, und bis das der Fall ist, hole ich mir aus unserer Vereinbarung alles, was ich kriegen kann. Darunter zum Beispiel auch eine Junggesellenparty mit zwei meiner besten Freunde, während der wir uns betrinken, uns Horrorgeschichten anhören und Dollarnoten in die Höschen von Stripperinnen stecken.«

»Das hört sich ausgesprochen sexistisch und frauenfeindlich an.«

»Oh wirklich, und was hast du für deine Party geplant? Das kleine Fräulein betrinkt sich gern und postet Selfies, auf denen deine Lippen aussehen, als wärst du geschlagen worden – so sehr machst du einen Schmollmund. Ich würde wetten, dass unsere Profile sich ziemlich ähneln.«

Sie hasste es, dass er recht hatte. »Das ist doch nur eine Fassade für die Öffentlichkeit.«

»Schließlich wollen wir nicht, dass die Welt herausfindet, dass du eine gebildete und intelligente Frau bist.«

Gefahr. Seine Worte hatten eine verführerische Brillanz, die sie traf und sie wärmte. Doch sie widerstand der Versuchung. »Ich habe die Bestätigung von Außenstehenden nicht nötig, um mein Selbstbewusstsein zu stärken. Ich kenne meinen Wert.«

»Und was bist du wert, Baby?«

»Als könnte man einen Preis für mich veranschlagen.« Sie reckte das Kinn. »Ich bin unbezahlbar.«

»Da hast du recht. Und trotzdem erwartest du von mir, dass ich dich verlasse. Was, wenn ich das gar nicht will?«

Er bestand weiterhin darauf, dass sie versuchen sollten, ihre Ehe zum Funktionieren zu bringen, und sie würde nicht völlig lügen und sagen, dass sie nicht in Versuchung gekommen wäre. Nur eines wusste sie: Er würde keine einzige Woche überleben. Ihre Familie würde es nie erlauben.

»Aber es geht nicht um das, was du willst.« Das war das Beste, was sie ihm sagen konnte. In vielerlei Hinsicht ging es auch nicht um das, was sie wollte.

»Wenn du jetzt fertig damit bist, Zeit zu verschwenden, können wir dann gehen?«

»Was ist denn los, Baby? Kannst du nicht damit umgehen, mich nass zu sehen?« Er zwinkerte ihr zu, als er sich aus der nassen Pfütze in seinem Bett erhob, seine Haut feucht, verführerisch und unwiderstehlich.

Und hart ... Sie ließ den Blick nach unten wandern und er ließ ein kleines Knurren hören, als er an ihr vorbei zum Schrank ging. Er zog seine Badehose aus, sodass sie einen kurzen Blick auf seinen festen Hintern erhaschen konnte, bevor er im Ankleideraum verschwand.

»Gib mir einen Moment, um mich anzuziehen und eine Tasche zu packen.«

Sie wartete ungeduldig darauf, dass er mit einer Tasche wiederauftauchte. Er trug eine Jogginghose, die ihm auf der Hüfte hing, Turnschuhe und sonst nichts.

»Wo ist dein Hemd?«, fragte sie ihn.

»In der Tasche.«

»Solltest du es nicht besser anziehen?« Er sollte sich wirklich bedecken, damit sie ihn nicht ständig anstarren musste.

»Angesichts deiner Eile, mich von hier weg in deinen Sündenpfuhl zu bringen, nehme ich an, dass ich es nicht lange tragen werde. Es hat keinen Sinn, ein gutes Hemd zu ruinieren.«

»Ich will so schnell wie möglich von hier weg, damit wir zu meiner Unterkunft fahren und schlafen können.«

»Ach, natürlich, du möchtest *schlafen*.« Er betonte das Wort so, dass es sich wie das genaue Gegenteil anhörte, und machte mit den Fingern Gänsefüßchen in die Luft.

»Wir werden schlafen. Und zwar in getrennten Betten.«

»Oh, gut. Du klaust einem nämlich immer die Decke.«

»Tue ich gar nicht«, entgegnete sie aufgebracht.

»Sagt die Frau, die sich jede Nacht wie in einen Kokon darin eingehüllt hat, sodass ich frieren musste.«

»Da hast du ihn doch schon, deinen Scheidungsgrund«, stellte sie fest.

»Das kommt mir ein wenig drastisch vor. Wir könnten auch einfach die Heizung aufdrehen, damit ich nicht mehr friere. Oder uns aneinanderkuscheln.« Er zog eine Augenbraue hoch.

»Hör sofort damit auf«, fuhr sie ihn an und stürmte zur Eingangstür.

»Womit soll ich aufhören?«, fragte er genauso

unschuldig wie ein verzogener Junge, der mit der Hand in der Keksdose erwischt wurde.

»Du weißt doch ganz genau, was du da machst. Und es wird nicht funktionieren.«

»Bist du dir da sicher?«, schnurrte er schnell nahe an ihrem Ohr, sodass sie die Vibrationen auf ihrer Haut spüren konnte, bevor er die Tür zur angrenzenden Garage öffnete. Er warf ihr einen Blick zu. »Sollen wir den Mercedes nehmen?«

»Nur wenn du fährst.«

Er griff durch die offene Tür und zog einen Schlüssel hervor. »Fang.«

Sie schlang ihre Finger um den Plastikteil des Schlüssels. Schon bald würde er seine Wahl bereuen.

Als sie sein Anwesen verließen, lachte sie, während sie die Kurven mit der Höchstgeschwindigkeit, die mit diesem Wagen möglich war, nahm. Zu ihrer großen Überraschung musste sie feststellen, dass dieser Typ lächelte und völlig entspannt wirkte, als sie zu ihm hinübersah, anstatt blass geworden zu sein.

Würde er denn niemals aufhören, sie zu überraschen?

Sie konnte nicht umhin, ihn mit ihrem jetzigen Verlobten zu vergleichen. Er war ein ziemlich gut aussehender Typ, blond, perfekt frisiert und auf eine Yuppie-Art attraktiv. Es war eine Hochzeit aus Bequemlichkeit und Vernunft, die Vereinigung zweier mächtiger Familien.

Eine Möglichkeit für sie, sich von der Kontrolle durch ihre Familie zu befreien.

Wenn Simon sich schlecht benahm, passierten Unfälle. Ihr Papa und ihre Großmutter wussten, dass sie Respektlosigkeit nicht tolerieren würde. Nicht dass sie sich bei Simon darüber Sorgen gemacht hätte. Ehrlich gesagt war er gar nicht so schlimm. Langweilig, ja, langweiliger als trockene Haferflocken, aber er war nett zu ihr, höflich, schickte ihr in den merkwürdigsten Momenten Karten und Blumen. Romantische Gesten, die ihr seltsam erschienen, da er sie ja noch nicht einmal geküsst hatte. Andererseits waren sie nicht oft miteinander allein. Die Gelegenheiten, bei denen sie es waren, waren hauptsächlich für die Presse. Ihre Babuschka war diejenige, die ihr beigebracht hatte, wie man den Blick der Medien auf eine Sache lenkt, um die Aufmerksamkeit von anderen abzulenken.

Die Fahrt war nicht schlecht, zwanzig Minuten, und sie fuhr in die große, kreisförmige Einfahrt, die an der Vorderseite eines dreistöckigen Hauses endete.

Ihr Ehemann auf Zeit starrte das Haus an und sagte: »Hier kann ich nicht bleiben. Suchen wir uns stattdessen ein Hotel.«

»Aber dann würden wir meinen Onkel Vinny verärgern.« Sie lachte verächtlich. »Das würde ich nie tun. Gehen wir.« Sie stieg aus dem Wagen, und er folgte ihr langsam und erstarrte dann an der Eingangstür, die sich öffnete, als sie die Hand auf einen Bildschirm legte, der hell aufleuchtete, als er ihre Abdrücke einlas.

»Du kannst mir glauben, wenn ich dir sage, dass ich wirklich nicht hierbleiben sollte«, wiederholte er.

»Hast du Angst vor meinem Onkel? Ich schwöre, dass er nur halb so schlimm ist, wie alle behaupten.« Was immer noch ziemlich schlimm war, je nachdem, wer die Geschichten erzählte.

»Es ist nicht Vinny, um den ich mir Sorgen mache, sondern seine To-«

»Dean!« Ein Kreischen ertönte vom oberen Treppenabsatz, ziemlich hoch und aufgeregt. Und dann kam ihre Cousine Isabella praktisch die Treppe hinuntergeflogen. Ihre Füße berührten kaum den Boden und sie trug nichts weiter als extrem kurze Shorts und ein winziges Trägerhemd und nichts darunter.

Sie musste gar nicht erst Nevilles Gesicht sehen,

um zu wissen, dass er ihre Cousine kannte. Und zwar viel zu gut.

Isabella kam an der untersten Stufe an und warf sich ihm an den Hals, und er besaß nicht einmal die Höflichkeit zu schwanken, als sie ihn ansprang. Und er ließ sie auch nicht fallen, was vielleicht auch daran liegen konnte, dass Isabella ihn wie eine Anakonda mit Armen und Beinen umschlang.

»Dean«, kreischte sie erneut. »Dich habe ich ja schon ewig nicht mehr gesehen.«

»Hallo Isa, ich freue mich auch, dich zu sehen«, erklärte Neville dem zappelnden, glücklichen Bündel dunkler Locken und hübscher Gesichtszüge, das auf ihm herumhüpfte.

»Was machst du hier? Du hättest vorher anrufen sollen. Ich sehe bestimmt schrecklich aus«, erklärte Isabella. Da Natasha wusste, wie Isabella aussah, wenn sie sich zurechtgemacht hatte, konnte sie mit Sicherheit bestätigen, dass sie so oder so wunderschön war.

»Was für ein lustiger Zufall, ich wohne nämlich in der Nachbarstadt. Ich habe ein Haus oben auf den Klippen.«

»Wie schön. Warum hast du mir nicht Bescheid gesagt, dass du in die Gegend gezogen bist?« Sie schlug ihm spielerisch auf den Arm und Natasha verschränkte die Hände auf dem Rücken, um ihre Cousine nicht bewusstlos zu schlagen.

»Ich wusste nicht, ob es angebracht war. Wie du ja schon gesagt hast, ist es schon eine Weile her.« Neville setzte Isabella ab, was sie allerdings nicht davon abhielt, ihn anzustrahlen und ein wenig in der Hüfte einzuknicken, was nur dafür sorgte, dass ihre Seidenshorts und das dünne Oberteil, das sich an ihre Brüste schmiegte, besser in Szene gesetzt wurden. Konnte nicht mal jemand dem Mädchen einen Pulli geben? Nach ihren steifen Brustwarzen zu urteilen war dem Mädchen kalt.

»Also, was machst du hier? Hat Tasha dich hergebracht?«, wollte Isabella wissen und benutzte ihren Familienspitznamen.

»Das hat sie in der Tat. Es gab einen kleinen Unfall mit meinem Haus und sie war so freundlich, mir anzubieten, hier zu übernachten.«

»Hat Tasha das echt gemacht?« Isabella starrte sie mit offenem Mund an und sie konnte sehen, dass ihrer Cousine alle möglichen Szenarios durch den Kopf gingen.

»Nur für eine Nacht«, grummelte sie.

»Oder auch mehr, wenn er es möchte«, bot Isabella sofort an. »Was ist mit deinem Haus passiert?«

»Attentäter.« Er zuckte lässig mit den Achseln, als wäre es etwas völlig Normales. Doch Isabella machte große Augen und war natürlich noch neugieriger.

»Wie unglaublich gefährlich«, trällerte sie. »Glaubst du, sie sind dir hierher gefolgt?«

»Möglicherweise.«

Doch bevor Isabella loslaufen konnte, um ihren Onkel zu wecken, mischte Natasha sich ein. »Er übertreibt. So schlimm war es auch nicht. Sein Poolhaus hat Feuer gefangen und jetzt riecht es bei ihm im Haus nach Rauch.«

»Und irgendwer hat meinem Wasserbett eine Kugel verpasst«, vertraute er ihr an. »Anscheinend gefiel es meiner Frau nicht.«

»Du hast eine Frau? Wer ist es?«, keuchte Isabella.

Er würde doch wohl nicht. Oder doch –

Er lächelte und erwiderte: »Deine Cousine.«

Natasha hätte ihn am liebsten umgebracht. Ihre Familie wusste nichts von ihrem beschämenden Geheimnis. Sie hatte gehofft, alles stillschweigend über die Bühne zu bringen, und hatte es ihrem Onkel nur erzählt, weil er dafür gesorgt hatte, dass einer der besten Anwälte sich darum kümmerte.

»Du bist verheiratet?«, kreischte Isabella. »Mit

ihr?« Sie hätte nicht entsetzter klingen können. Isabella machte große Augen.

»Ja, auch wenn unsere Ehe jetzt am Anfang etwas holprig ist. Es gab ein Missverständnis. Aber jetzt sind wir wieder zusammen und ich hoffe, wir können uns zusammenraufen«, platzte er heraus.

»Niemals«, sagte Natasha aufgebracht.

»Ich schwöre, dass ich das nicht wusste.« Isabella hob abwehrend die Hände und wich rückwärts vor ihm zurück.

»Es gibt keinen Grund, sich zu entschuldigen. Wir lassen uns scheiden«, fauchte sie. »Die Hochzeit war ein Versehen.«

»Vielleicht, trotzdem sind wir verheiratet«, neckte er sie.

»Mach sie nicht wütend«, rief Isabella, die eine gehörige Portion Respekt vor ihrer Cousine Natasha hatte, weil sie ihr einmal den Kopf rasiert hatte, nachdem sie sie beschimpft hatte.

»Warum nicht? Ihre Augen sind so schön, wenn sie sich aufregt«, erklärte Neville und duckte sich, als Natasha nach ihm schlug.

»Ich hätte dich erschießen sollen«, rief sie. »Es ist noch nicht zu spät.« Sie zog eine Pistole hervor. Doch noch bevor sie zielen konnte, schlug er sie ihr aus der Hand und sie fiel klappernd auf den Boden.

»Ich finde, ihr solltet jetzt besser gehen.« Isabella wich vor ihnen zurück, als hätten sie die Pest.

»Noch nicht«, knurrte Natasha. »Woher kennst du Neville?«, fragte sie und schnippte mit den Fingern, als Isabella nicht sofort antwortete.

»Wer ist Neville?«

»Dean. Er heißt in Wirklichkeit Neville. Woher kennst du ihn?«

»Es ist schon ewig her. Jahre. Von der Uni.«

»Wir waren beide Studenten und haben uns auf einer Party kennengelernt«, fügte er hinzu. »Wir waren in der ersten Nacht so unglaublich betrunken.«

Isabella sah ihn wütend an, bevor sie abwinkte. »Es ist schon ewig her. Und es hat nichts bedeutet.«

»Das erklärt ... überhaupt nichts.« Ihr Ton war ernst. In der Zwischenzeit wurde sie innerlich von Eifersucht zerfressen.

Ihre Cousine wurde weiß wie die Wand. »Wir waren eine Zeit lang zusammen.«

»Eine Zeit lang zusammen?«, schnurrte Neville. »Wir haben weitaus mehr getan, als nur im Kino Händchen zu halten. Du hast mich sogar zu Weihnachten mit nach Hause genommen, damit ich deinen Vater kennenlerne.«

»Ihr wart ein echtes Paar?« Jetzt schäumte sie

geradezu vor Eifersucht, sodass Natasha sich vor Wut die Fingernägel in die Handflächen bohrte. Nur gut, dass er ihr die Waffe aus der Hand geschlagen hatte, sonst hätte sie vielleicht ihre Cousine erschossen.

»Wie lange waren wir zusammen? Sechs, vielleicht sieben Monate?«, verkündete er. »Schließlich hat sich herausgestellt, dass wir doch nicht zueinanderpassen.«

»Nicht mal ein bisschen.« Isabella rollte nervös auf den Fußballen. »Und es ist schon ewig her.«

»Du scheinst aber ausgesprochen froh zu sein, ihn zu sehen«, bemerkte Natasha trocken.

Isabella schluckte und sagte kleinlaut: »Ich glaube, ich gehe jetzt besser.«

»Das ist eine gute Idee. Hau schon ab, *Isa*.« Sie betonte nur die Kurzform des Namens und sonst nichts, doch trotzdem lief ihre Cousine wie von der Tarantel gestochen die Treppe hinauf.

Neville schimpfte mit ihr. »Musstest du ihr solche Angst einjagen?«

Sie sah ihn mit zusammengekniffenen Augen an. Warum versuchte er, sie zu verteidigen? Hatte er immer noch Gefühle für Isa? »Ich kann nichts dafür, dass sie so zartbesaitet ist. Ich hätte ja eigentlich gar nichts sagen müssen, wenn du den Mund gehalten hättest.«

»Ich bin nicht derjenige, der sich schämt, verheiratet zu sein.«

»Zum letzten Mal, es war nicht echt«, knurrte sie und stampfte in Richtung Küche davon. Sie konnte jetzt etwas zu essen gebrauchen.

Er hielt mit ihr Schritt. »Aber wozu die komplizierte Scharade? Das ist es, was ich nicht verstehe. Dass du mich benutzt hast, um an Lawrence heranzukommen, das kann ich ja noch verstehen. Aber deswegen hättest du ja nicht gleich so tun müssen, als würdest du mich heiraten wollen. Du hast dein Kleid gekauft. Und bis zum Ende der Zeremonie abgewartet, bevor du zugeschlagen hast.«

Sie würde nicht zugeben, dass das anfangs nicht zum Plan gehört hatte. Doch dann hatte die Feierlichkeit begonnen, und Dean hatte sie so liebevoll angesehen, dass sie nicht hatte widerstehen können und die Fantasie einen Moment lang weitergesponnen hatte, bevor sie sie zerstört hatte.

»Ich war mir nicht sicher, was deinen Freund Lawrence aus seinem Versteck locken würde. Ich habe darüber nachgedacht, dich als Geisel zu nehmen und gegen ihn auszutauschen. Aber dann hätte ich vielleicht Schwierigkeiten mit dem Rudel bekommen. Der König der Löwen mag dich.«

»Wir haben schon viel miteinander erlebt«, gab er zu. Ihre Mütter hingen ein paarmal im Monat in einem geschützten Park herum, in dem wilde Jungen rennen und toben konnten.

»Also blieb als Lösung nur noch eine Heirat. Denn welcher Freund taucht nicht auf, wenn sein bester Freund heiratet?«

»Hättest du ihn wirklich getötet, weil er deine Cousine verlassen hat?«

»Ich habe mal einen Typen getötet, weil er den letzten Krapfen mit Kirschfüllung gekauft hat, auf den ich so unglaublichen Appetit hatte.« Und es war jeden einzelnen puderzuckersüßen, marmeladigen Biss wert gewesen.

»Dann sollte ich mich wahrscheinlich geehrt fühlen, dass du mich noch nicht getötet hast.«

»Das solltest du.«

»Das heißt nämlich, dass du mich magst.«

»Das tut es nicht. Hast du mir zugehört, als ich gesagt habe, dass ich nur keinen Krieg mit einem König anfangen will?«

»Also bitte. Als würdest du irgendeine Spur zu dir oder deiner Familie hinterlassen, nachdem du mich getötet hast.«

»Ich würde wahrscheinlich die Schuld auf jemand anderen schieben«, gab sie zu und dachte dabei an diese verdammten russischen Bären, die die Frechheit besaßen, sich in ihre Geschäfte einzumischen.

»Du kannst ruhig zugeben, dass du mich magst«, sagte er und zwinkerte ihr zu. »So ein Typ bin ich eben.«

»Du meinst die Art von Typ, die mich dazu bringt, die schrecklichsten Gewalttaten ausüben zu wollen?«, fragte sie, machte den Kühlschrank auf und sah einen Behälter mit Fleisch. Zu ihrer Überraschung kam auch er zum Kühlschrank und holte alle Dinge heraus, die man brauchte, um ein Sandwich zu machen.

Mal abgesehen von der Marmelade.

Allerdings strich er sie auf eines seiner Sandwiches und bot ihr dann das Messer an, also musste sie einfach fragen: »Warum machst du Himbeermarmelade auf ein Sandwich mit Roastbeef?«

»Süß und salzig, Baby. Probiere es mal.« Er hielt ihr seine Vorstellung des perfekten Sandwiches hin und sie zögerte, bevor sie einen Bissen nahm.

Doch als sie es dann tat, machte sie große Augen. »Das ist echt nicht so schlecht.«

»Also bitte, wir wissen doch beide, dass es fantastisch schmeckt. Mir ist die Idee gekommen, nachdem ich nach Thanksgiving aus den Resten Sandwiches mit Preiselbeeren gemacht habe. Man muss nur Geschmäcker nehmen, die sich ergänzen«, behauptete er, bevor er sein Sandwich verschlang. Er sagte gar nichts, als sie Marmelade auf ihr Sandwich strich und es aß.

Als sie in kameradschaftlicher, wenn auch kauender Stille dasaßen, konnte sie nicht umhin, Neville zu beobachten. Dieser Mann war derselbe, den sie vor Monaten kennengelernt hatte, und gleichzeitig auch nicht. Diese Version erwies sich als offener, sarkastischer und unverschämter.

Mehr ... er selbst.

Es hätte ihn nicht attraktiver machen sollen, und doch tat es das. Er strotzte vor Vitalität und Arroganz. Sie zweifelte keine Minute daran, dass er es ernst meinte, wenn er sagte, er würde lieber verheiratet bleiben. Er war dickköpfig und selbstbewusst. Schade, dass er kein Vollbluttiger war. Da sie wusste, wozu ihre Familie fähig war, hatte es keinen Sinn, es überhaupt zu versuchen.

»Du kannst dich glücklich schätzen, einen Onkel Vinny zu haben«, erklärte er, nachdem er sein Glas Milch ausgetrunken hatte.

»Wegen des Films?«

»Nein, weil er, wenn man den Gerüchten Glauben schenken darf, die besten Halloweenpartys schmeißt.«

»Das tut er. Es gibt dann immer Schokoriegel in voller Größe und Limonade. Nach Äpfeln tauchen. Das Geisterlabyrinth, das er im Vorgarten errichtet, hat epische Ausmaße.«

»Bist du hier in der Gegend aufgewachsen?«, fragte er.

»Nein, aber ich bin oft mit meinem Vater zu Besuch hier gewesen. Er behauptete, es sei wichtig, dass ich auch eine Verbindung zur Familie meiner Mutter aufbaue.«

»Deine Mutter ist gestorben, als du noch jung warst?«

Sie schob ihren Teller weg. »Ja.« Sie redete nicht gern darüber.

»Willst du etwas völlig Abgefahrenes hören?«

»Was denn?«, fragte sie.

»Als ich nach Informationen über deine Familie gesucht habe, habe ich herausgefunden, dass mein Vater mal mit deiner Mutter zusammen war.«

Sie blinzelte. »Sind wir etwa miteinander verwandt?«

Er grinste. »Nicht dass das jemand zugeben würde.«

»Mistkerl.«

»Falls dir das hilft, meine Eltern waren über ein Jahr miteinander verheiratet, bevor sie mich bekommen haben. Andererseits habe ich mich nie genetisch testen lassen, wir könnten also durchaus Geschwister sein.«

»Da bekomme ich doch gleich wieder Lust, dich zu töten.«

»Deine Blutlust bringt mich dazu, mich zu fragen, ob du schon von klein auf den Film *Der Pate* schauen durftest. Du nimmst deine Rolle als Mafia-Prinzessin ja ziemlich ernst.«

»Hör auf, mich so zu nennen.«

»Ich darf dich nicht Prinzessin nennen. Auch nicht Baby. Auch nicht Ehefrau. So langsam weiß ich überhaupt nicht mehr, wie ich dich noch nennen soll.«

»Wie wäre es mit Natasha?«

»Nach allem, was wir miteinander durchgemacht haben? Ich verdiene ja wohl etwas Intimeres.«

»Du hast es verdient, dass ich dir ordentlich in den Hintern trete, wenn du mich weiterhin wütend machst.«

»Du warst doch diejenige, die darauf bestanden hat, dass ich dir folge. Ich wäre gern zu Hause im

Bett geblieben. Und da wir gerade davon sprechen, wo schlafe ich heute?«

Es gab viele leere Zimmer. Zimmer mit einem Bett, die er benutzen konnte, die versteckt lagen.

»Du bleibst bei mir.« Sie hatte ein Doppelbett. Das bot doch sicher genügend Platz für sie beide.

»Hast du Angst, dass ich mich mitten in der Nacht verdrücke?«

Sie machte sich eher Sorgen, dass sich jemand reinschleichen könnte, und sie dachte nicht nur an die Attentäter.

Sie schnappte sich ein Glas Milch, das sie in der Mikrowelle erwärmt hatte, und ging voraus. Er sagte nichts, als er die Suite betrat, die ihr Onkel ihr überlassen hatte. Sie stand mit dem Rücken zu ihm, während sie das warme Getränk herunterkippte. Das hatte schon als Kind ihre Nerven beruhigt.

Als sie ins Bett kroch, stellte sie fest, dass er bereits auf der anderen Seite lag.

Mehr als genug Platz für sie beide.

Warum wachte sie dann am nächsten Morgen auf seiner nackten Brust auf?

Kapitel Sechs

Als Natasha bemerkte, wo sie sich befand, erstarrte sie. Und als sie anfing, sich zu winden, erstarrte auch Dean, allerdings aus einem anderen Grund.

»Guten Morgen, Baby«, murmelte er.

»Wolltest du mich im Schlaf beißen?«, fragte sie, doch anstatt sich von ihm runterzurollen, blieb sie auf ihm liegen.

»Netter Versuch, Prinzessin. Aber du warst diejenige, die auf mich drauf geklettert ist und kleine Geräusche des Protestes gemacht hat, wenn ich auch nur einen Muskel bewegt habe, um es mir gemütlicher zu machen.«

»Du bist eben gebaut wie ein Fels«, murmelte sie und stotterte dann. »Und auch so hart. Ich meine ...«

»Du musst es nicht erklären. Ich bin mir durchaus darüber im Klaren, wie hart und groß ich bin.«

Bei seiner Andeutung musste sie stöhnen.

»Mach das Geräusch noch mal«, murmelte er.

Sie versteckte ihr Gesicht an ihm und ihr warmer Atem kitzelte die Haut über seinen Rippen. »Wir müssen langsam aufstehen.«

»Teile von mir sind schon aufgestanden.« Noch eine Zweideutigkeit.

Das würde sie ihm heimzahlen. Sie kam unter der Decke hervor, trug nur ein langes Hemd und einen Slip und setzte sich voll auf ihn. Einen Oberschenkel auf jeder Seite, drückte ihre Muschi gegen ihn, ein heißes, feuchtes Bad, obwohl sie eine Unterhose trug. Eine Göttin mit wirren Haaren, die ihr über den Rücken fielen.

»Ich glaube, du musst pinkeln«, erklärte sie und rieb seinen Schwanz. »Aber ich zuerst.« Dann war sie weg und ihr knackiger Hintern lugte aus ihrem Stringtanga.

Sein Schwanz pochte ziemlich heftig. Nicht weil er pinkeln musste, sollte er hinzufügen.

Er hatte keine Zeit, das Problem zu beheben. Sie würde jeden Moment zurückkommen.

Oder auch nicht.

Sie blieb so lange im Bad, dass er befürchtete, sie wäre in der Toilette ertrunken. Als sie die Tür öffnete, sah sie absolut zu selbstgefällig und kein bisschen geil aus.

Eher wie die Katze, die die Sahne aufgeschleckt hatte.

»Du hast masturbiert!«, beschuldigte er sie mutig.

Ihre Antwort war sogar noch mutiger, als sie das Kinn hob und entgegnete: »Sogar zweimal.«

Jetzt wünschte er sich wirklich, er hätte es sich selbst gemacht und sein Sperma überall auf ihr Kissen verteilt. Stattdessen taten ihm die Eier weh. Das war wirklich nicht fair. Aber er würde das natürlich nicht zugeben, um sich nicht als Weichei darzustellen.

»Ich bin überrascht, dass du dein Telefon nicht mitgenommen hast, damit du deinen Spaß mit deinem Verlobten teilen konntest.«

»Wer braucht schon ein Telefon, wenn man auch Videoanrufe machen kann?« Sie marschierte aus dem Badezimmer mit nichts weiter als einem Handtuch.

Heiße Wut erfüllte ihn bei dem Gedanken, dass sie sich einem anderen Mann gezeigt hatte. Wie konnte sie es wagen, ihn zu betrügen?

Da er sie allerdings gut kannte, fragte er sich, ob es wirklich stimmte. Er entspannte sich und legte den Kopf auf seine Arme. »Und wie geht es Simon? Hast du ihm schon gesagt, dass du verheiratet bist?«

»Tatsächlich habe ich ihm gesagt, dass er mir fehlt und dass ich es kaum erwarten kann, mit ihm verheiratet zu sein.« Sie ging in den Ankleideraum und er lehnte sich zurück und machte die Augen zu.

Er würde nicht Amok laufen. Er würde diesen Simon nicht jagen und ihm die Haut von den Knochen ziehen. Er würde nicht zulassen, dass sie ihm unter das Fell ging. Aber damit das geschehen konnte, musste er anfangen, die Situation zu kontrollieren.

Was konnte er tun, um wieder die Oberhand zu gewinnen? Wie konnte er sie so aus dem Gleichgewicht bringen, dass die Maske, die sie trug, verrutschen würde?

Die Idee, die ihm kam, brachte ihn zum Lächeln.

Als sie aus dem Ankleidezimmer kam, kreischte sie: »Was machst du da?«

»Ich masturbiere.« Oder zumindest tat er so, indem er mit der geballten Faust an seiner Leistengegend auf und ab fuhr. Wer hätte gedacht, dass jemand so Verdorbenes wie sie noch erröten konnte?

Es muss wohl ziemlich überzeugend ausgesehen

haben, denn sie wandte sich ab. »Kannst du das nicht ein bisschen diskreter machen?«

»Immerhin bin ich unter der Decke.«

»Ich kann sehen, wie es sich bewegt.«

»Es?« Er lachte verächtlich.

»Entschuldige, wäre es dir lieber, wenn ich ihn deinen kleinen Soldaten nenne?«

Fast hätte er die Decke zurückgeschleudert, um sie daran zu erinnern, wie groß er tatsächlich war. Das tat er nicht, vor allem, weil sie immer noch eine Röte auf den Wangen hatte. Sie erinnerte sich sehr wohl daran, wie gut er gebaut war.

»Ich nehme an, du möchtest nicht rüberkommen und deine Pflicht als Ehefrau erfüllen?« Er verschränkte die Arme hinter dem Kopf.

»Ich werde nicht lange deine Frau bleiben.«

Sie ging zum Schreibtisch hinüber und öffnete einen Laptop, der darauf stand. Einen Moment später spuckte der tragbare Drucker, den sie angeschlossen hatte, mehrere Blätter aus.

Sie brachte den Stapel zusammen mit einem Stift hinüber und hielt ihm beides hin. »Unterschreib.«

Er dachte darüber nach, ihr alles aus der Hand zu schlagen, hatte aber eine bessere Idee. Er nahm ihr den Vertrag ab und konzentrierte sich angestrengt darauf. Das Dokument schien sehr einfach und klar. Eine Scheidung ohne irgendwelche Haken, nur dass es ihm eben gefiel, Verträge zu zerlegen. »Dieser Vertrag ist nicht in Ordnung.«

»Wieso nicht?«

»Weil du ein paar Dinge vergessen hast.«

Sie runzelte die Stirn. »Inwiefern?«

»Aufteilung der Güter.«

»Du behältst deine Sachen, ich meine.«

»Was ist mit unseren Freunden?«

»Wir haben keine gemeinsamen Freunde«, erinnerte sie ihn.

»Wie ist es mit Einkommen?«

»Warum spielt das Einkommen eine Rolle?«

»Unterhalt natürlich. Derjenige, der mehr verdient, muss den anderen bezahlen.«

»Das ist nicht dein Ernst.«

»Doch. Ich habe dich mit guten Absichten geheiratet. Das muss doch etwas wert sein.«

Sie machte große Augen. »Du erwartest, dass ich dich bezahle?«

Als sie plötzlich ihre Hand bewegte und eine Pistole hervorzog, die sie hinter ihrem Rücken versteckt hatte, duckte er sich und wich der Kugel aus. Das Kissen, auf dem er lag, hatte nicht so viel Glück. Federn schwebten in der Luft.

Sie schoss erneut, während er vorwärts sprang und tief am Boden blieb. Die dritte streifte ihn, bevor er sich nach vorne warf.

Bevor sie wieder zielen konnte, hatte er ihre Knöchel gepackt und sie aus dem Gleichgewicht gebracht. Sie schlug auf ihrem Hintern auf den Boden auf, sodass sie kurz keine Luft bekam, was ihm die nötige Zeit verschaffte, ihr Handgelenk zu ergreifen und ihre Hand mit der Waffe festzuhalten. Er bildete sich nicht ein, sie unter Kontrolle zu haben.

»Ich gebe dir keinen Cent«, fauchte sie, stinksauer und wunderschön.

»Dann lasse ich mich auch nicht scheiden«, sagte er und zog sie an sich. »Frau.«

»Nenn mich nicht so.«

»Aber genau das bist du. Du bist *meine* Frau.« Er knurrte die Worte ein wenig.

Ihre Pupillen weiteten sich und ihre Atmung wurde flacher. »Ich werde Simon heiraten.«

»Nur über meine Leiche.«

»Wenn du darauf bestehst.«

Er spürte die Klinge an seinem Bauch.

Doch das war ihm egal. Er küsste sie einfach.

Kapitel Sieben

Die Berührung seines Mundes entzündete nichts, weil sie schon längst in Flammen stand. Das sinnliche Gleiten seiner Lippen sorgte nur dafür, dass das Feuer, das in ihr brannte, noch höher aufloderte.

Und dann war es vorbei.

»Danke, dass du mir nicht die Lippe abgebissen hast«, sagte er, als er sich zurückzog.

»Ich habe darauf gewartet, dass du mir die Zunge in den Hals steckst, um möglichst viel Schaden anzurichten.« Sie leckte sich über die Lippen und sein Blick folgte ihr. Das half auch nicht dabei, das Verlangen in ihr zu stillen. Sie hätte masturbieren können, doch dieser winzige Orgasmus war nicht das, was sie wirklich wollte. Nicht, was sie wirklich brauchte.

»Ich mag Zungenküsse. Aber wenn ich mich recht erinnere, gefällt es dir besser, wenn meine Zunge an anderen Teilen deines Körpers zum Einsatz kommt.«

Sie sog scharf die Luft ein, denn sie erinnerte sich nur allzu gut.

Wie kann er es wagen! Natürlich wagte er sich. So war er eben. Der Mann, den sie als Dean kennengelernt hatte, brachte sie immer wieder aus dem Gleichgewicht. Er war der einzige Mann, der das konnte.

Der Einzige überhaupt.

Deswegen war es umso merkwürdiger, dass sie ihn noch nicht getötet hatte. Er hatte es auf jeden Fall verdient, so, wie er ihr auf die Nerven ging. Schließlich waren sie verheiratet, doch er hatte sie gar nicht beachtet.

War auf Abstand geblieben.

Hatte sie kein einziges Mal kontaktiert.

Und die Scheidung hatte er auch nicht beantragt und sie fragte sich, ob seine Behauptung bezüglich des Ehebruchs stimmte.

Sie hatte ihn im Auge behalten. Natürlich nicht persönlich, aber sie hatte ihre Mittel und Wege.

Und die Überwachung hatte ergeben, dass er weder mit einem anderen Mann noch mit einer anderen Frau zusammen gewesen war. Zumindest konnte man es nicht beweisen.

Allerdings gab es in der Berichterstattung Lücken, wo er einfach verschwunden war. Er hätte überall sein können. Vielleicht sogar mit jemandem zusammen.

Allein der Gedanke brachte ihr Blut vor Wut zum Kochen. Was hatte das alles zu bedeuten? Sie hatte diesen Gedanken nicht weiterverfolgt und sich auch nicht erlaubt, tiefer darüber nachzudenken, bis jetzt.

Von Angesicht zu Angesicht mit ihm erinnerte sie sich daran, warum sie die ganze Hochzeit überdauert hatte, bevor sie das, was sie hatten, ruiniert hatte. Er zog sie immer noch stärker an als der Käsekuchen im Kühlschrank, den der Chefkoch locker und süß zubereitet hatte.

Ihr unbeabsichtigter Ehemann war süchtig machender als die Katzenminze, die ihre Babuschka anpflanzte. Bei Vollmond wurde empfohlen, nicht aus einem der Fenster mit Blick auf den Garten zu schauen, da Großmutter dazu neigte, den Garten immer noch mit ihrem Geliebten zu genießen. Und zwar nackt.

Da brauchte man eine gehörige Portion Bleichmittel für die Augen.

»Hat es dir die Sprache verschlagen?«, neckte er sie und hielt immer noch ihre Handgelenke fest. Sie hätte sich befreien können. Hätte ihm wehtun oder ihn sogar töten können und sich somit dem Bedarf nach einer Scheidung entledigen können.

Und das wusste er auch. Er wusste, was sie war.

Das hieß, er hatte sie mit seiner Forderung, dass sie zusammenbleiben sollten, absichtlich provoziert. Es ging nicht um Geld, davon er hatte genug. Warum also?

Sie schwankte gegen ihn, milderte ihre Haltung und ihren Ausdruck. »Vielleicht hast du recht und wir sollten uns doch nicht scheiden lassen. Wir sollten uns versöhnen. Dem Ganzen eine zweite Chance geben.«

Er wurde ganz steif, und zwar nicht nur seine Haltung.

»Wie wäre es mit einem Kuss zur Versöhnung?«

Bei dem Wort *Kuss* wanderte ihr Blick zu seinen Lippen. Vor ihrem Kuss hatte sie sich gefragt, ob sie sich nicht richtig daran erinnerte, wie viel Spaß es machte, ihn zu küssen. Es war schon so lange her gewesen ... Doch in seinen Armen zu liegen war sogar noch besser als in ihrer

Erinnerung. Und wenn der Kuss schon besser war –

Sie riss sich los, sprang auf die Füße und wirbelte von ihm davon, verärgert über sich selbst, weil sie so einfach auf ihn hereingefallen war.

»Wir dürfen das nicht tun.«

»Und warum nicht? Wir sind miteinander verheiratet. Wir können miteinander machen, was wir möchten.«

»Wir können aber nicht miteinander verheiratet bleiben. Warum willst das nicht einsehen?«

»Weil du dieses Weichei Simon heiraten willst.« Er konnte nicht verhindern, dass sich seine Mundwinkel nach unten verzogen.

»Ich habe keine Wahl.«

»Sag die Hochzeit ab.«

»Das kann ich nicht. Ich habe schon zugestimmt.«

»Aber du hast zuerst mich geheiratet.«

»Aber nur unter einem Vorwand«, fuhr sie ihn an.

»Für dich war es vielleicht nur ein Vorwand, aber für mich war alles echt.«

»So echt, dass du mich einfach hast gehen lassen.« Es war zu spät, um die Worte zurückzuhalten, und sie gab damit mehr von sich preis, als sie vorgehabt hatte. Und natürlich fiel das dem Mistkerl auf.

»Bist du sauer, weil ich dich nicht verfolgt habe?«

»Nein.« Hoffentlich hörte er nicht die Unsicherheit in ihrer Antwort.

»Ich habe darüber nachgedacht, weißt du, besonders am Anfang, als ich wütend war.«

»Und warum hast du mich nicht verfolgt?«, wollte sie wissen.

Er zuckte mit den Achseln. »Ich bin nicht der Typ Mann, der einer Frau nachläuft.«

»Du bist eher so der Typ Mann, der Schwierigkeiten bereitet, wenn es darum geht, sich zu trennen«, erwiderte sie.

»Es fällt mir nicht leicht, aufzugeben, was mir gehört.«

»Ich gehöre dir nicht«, erwiderte sie schnell, obwohl ihr Herz zu rasen begann. Etwas an der besitzergreifenden Art, wie er es sagte, sprach ihre Urinstinkte an.

Sie war eine starke, selbstständige Frau, aber trotzdem fand sie es aufregend, dass er versuchte, sie zu dominieren.

»Bist du dir dessen sicher, Baby? Es ist schon eine Weile her, seit ich dich geleckt habe. Vielleicht sollte ich dich daran erinnern, wie es ist, mit mir zusammen zu sein.« Er blickte auf ihren Mund.

Sie hoffte, dass er ihre Erregung nicht riechen konnte. »Sieh mich nicht so an.«

»Wie sehe ich dich denn an?«, fragte er und stellte sich vor sie hin, damit ihr klar wurde, wie winzig sie im Gegensatz zu ihm war.

Trotzdem schüchterte seine Größe sie nicht ein. Ein Teil von ihr war sicher, dass er ihr nie wehtun würde. Ganz im Gegenteil, sie hatte den Verdacht, dass er jeden töten würde, der es auch nur versuchte.

»Du siehst mich so an, als wäre ich eine leckere Mahlzeit, die du verschlingen möchtest.«

»Und ich würde dich auch am liebsten verschlingen.« Er zwinkerte ihr zu und sie errötete erneut.

Verdammte verräterische Wangen. Sie musste wieder die Oberhand gewinnen. »Dir ist aber schon klar, dass ich dich töten lassen werde, wenn du die Papiere nicht unterschreibst.«

»Machst du es denn nicht selbst? Ich dachte, du würdest jeden Job zu Ende bringen.«

»Du bist aber kein Job.«

»Du hast recht, das bin ich nicht. Ich bin der Mann einer ausgesprochen gefährlichen Frau. Wunderschön. Tödlich. Wusstest du eigentlich, dass niemand weiß, wie viele Leute du schon getötet hast?«

»Das ist Absicht, aber ich kann dir versichern, dass es mehr als nur ein paar waren.«

Er sah sie reuevoll an. »Wenn man bedenkt, dass ich jemals geglaubt habe, du seist so unschuldig.«

»Wirklich ziemlich weit von der Wahrheit entfernt.«

»Ich kann es kaum erwarten herauszufinden, wie böse du wirklich bist.« Erst jetzt wurde ihr klar, dass sie noch immer das Messer in der Hand hielt. Und sie hatte es immer noch nicht benutzt. Sie hatte es gegen seinen Bauch gedrückt, jedoch nicht zustechen können. Sie wirbelte es herum und warf es knapp an seinem Kopf vorbei – wobei er nicht mal ein bisschen zusammenzuckte –, bevor es hinter ihm in die Wand einschlug.

»Warum willst du unbedingt sterben?«, wollte sie wissen.

»Wer behauptet denn, dass ich das tue?«

»Weil du mich ständig reizt.«

»Das nennt sich Flirten, Baby.«

»Es gefällt mir nicht.«

»Gewöhn dich dran.«

»Sonst passiert was?«

Er bewegte sich schnell, und zwar so schnell,

dass sie keine Möglichkeit hatte, seinen Armen zu entkommen, die er plötzlich um sie gelegt hatte. Sie wehrte sich nicht, sondern wartete auf das, was er als Nächstes tun würde.

Er tat gar nichts, sondern sprach nur weiter. So langsam nervte sie das.

»Warum hast du solche Angst davor, mit mir zusammen zu sein?«

»Ich habe keine Angst davor«, sagte sie atemlos.

Er lehnte sich näher zu ihr. »Dein Herz rast. Dein Höschen ist durchnässt. Und wir wissen beide, wenn ich dich noch einmal küsse, landen wir im Bett.«

Sein Mund war ihrem so nahe, dass sie seiner geflüsterten Versuchung fast nachgegeben hätte. Allerdings wurde sie von einem Klopfen gerettet.

»Hau ab«, rief sie.

»Du und dein Mann, seid ihr wach?«, rief Isa stattdessen zurück.

»Was willst du?« Natasha stieß sich von ihm ab, um zornig die Tür anzusehen, wobei Wut und Erleichterung über die Unterbrechung in ihr miteinander rangen.

»Daddy will dich sehen. Und auch Dean.«

»Warum?«

Isabella antwortete nicht und Natasha warf

ihrem Ehemann einen Blick zu. Dort stand er, mit nacktem Oberkörper, kurzer Hose und sonst gar nichts.

»Vielleicht solltest du dich zur Hintertür rausschleichen«, bemerkte sie.

»Hast du Angst, dass dein Onkel mich erschießt?«

»Ich weiß, dass er das tun würde, wenn er denkt, du wirst Ärger machen.«

»Und als liebevolle Ehefrau stört dich das natürlich.«

»Geh mir ruhig weiter auf die Nerven, Neville, du wirst schon sehen, was passiert.«

»Ich heiße Dean.«

»Nicht laut der offiziellen Berichte.« Es war reine Boshaftigkeit, die sie dazu brachte, ihn bei seinem wahren Namen zu nennen, Neville. Es half auch gegen seine ohnehin schon zu sexy Wirkung. »Zieh dich an und triff dich in Onkel Vinnys Arbeitszimmer mit mir.«

»Soll ich mich jetzt nicht mehr verstecken?«

»Mir ist gerade eingefallen, dass unser Onkel vielleicht genau das ist, was wir brauchen, um unser Hochzeitsdilemma zu lösen.«

»Ist es denn so schlimm, meine Frau zu sein?«

Seine Frau zu sein war alles Mögliche, vor allem aber verwirrend.

Und anstatt auf ihre Antwort zu warten, schlenderte er zum Badezimmer.

Die selbstgefällige Arroganz eines Löwen, das scharfsinnige Wesen eines Tigers. Er hatte von beiden Rassen die extremsten Charaktereigenschaften geerbt.

Sie stampfte wütend auf, konnte ihre Frustration jedoch nicht lindern, aber sie tat ihr Bestes, bevor sie an die Bürotür ihres Onkels klopfte. Als sie ihr Ehe-Dilemma zuvor erklärt hatte, hatte sie es so klingen lassen, als wäre es eine betrunkene Eskapade gewesen. Es hätte leicht sein sollen, das Problem zu lösen. Stattdessen hatte sie das Problem zu ihrem Onkel nach Hause gebracht. Sie bezweifelte, dass ihm das gefallen würde.

»Komm rein«, rief Onkel Vinny.

Sie öffnete die weiße Tür mit der einfachen Intarsie und betrat ein Büro, das unordentlicher und chaotischer war als erwartet. An den Wänden befanden sich eine Reihe nicht zusammenpassender Bücherregale und Aktenschränke, gefüllt mit Ordnern, in denen sich unzählige Zahlen befanden. Vinny arbeitete als eine Art Spitzenbuchhalter. Er sorgte dafür, dass das Familienunternehmen – sowohl der legale als auch der illegale Teil – erfolgreich blieb und keinen Ärger mit der Regierung bekam. Ihre Babuschka behauptete, er wäre ein Zauberer in Bezug auf Zahlen. Ihr Vater mochte Onkel Vinny nicht, gab aber widerwillig zu, dass der Mann sich mit seinem Scheiß gut auskannte.

Onkel Vinny sah nicht so aus, wie man es erwartet hätte. Zuerst mal war er blond, fast weißhaarig, trug einen hellgrauen Anzug, keinen Schnurrbart und hatte nichts Italienisches an sich. War es da ein Wunder, dass ihr dunkelhäutiger Großvater mütterlicherseits seine DNA testen ließ, nicht einmal, nicht zweimal, sondern fünfmal?

Jedes Mal kostete ihn das ein teures Schmuckstück für unsere ganz und gar nicht beeindruckte Babuschka. Aber die Verwirrung war verständlich, wenn man bedachte, dass der Rest der Familie, einschließlich ihrer Mutter, eher gebräunt und immer dunkelhaarig war.

»Du wolltest mich sehen«, sagte Natasha, als er von seiner Akte aufsah.

»Ah, liebe Nichte, wie schön, dich zu sehen. Wo ist dein Ehemann?« Er sagte es leichthin, aber sie konnte ihm ansehen, dass er wütend war. Er mochte keine unvorhergesehenen Änderungen seines Tagesablaufes.

»Dean kommt gleich. Und du brauchst mir gar nichts vorzumachen. Ich weiß bereits, dass ihr euch kennt. Warum hast du es mir nicht gesagt?«

»Es ist schon so lange her. Außerdem war es Isabella, die ihn verlassen hat.«

Es fiel Natasha schwer, das zu glauben. »Bitte entschuldige, dass ich ihn hergebracht habe. Ich wusste nicht, wohin ich sonst gehen sollte.«

»Vielleicht in ein Hotel?«

»Ich musste ihn in der Nähe behalten, bis er die Scheidungspapiere unterschrieben hat«, platzte sie heraus.

»Und was war das Problem? Konntest du keinen Stift finden?«

»Es ist eher so, dass er sich weigert zu unterschreiben.«

»Er weigert sich?« Ihr Onkel zog die Augenbrauen hoch. »Hattest du nicht gesagt, du würdest ihn erschießen, wenn er sich weigert?«

Sie musste sich zusammenreißen, um sich nicht auf die Unterlippe zu beißen. »Das hatte ich auch vor. Doch dann wurden wir angegriffen.«

»Von wem?« Bei dieser Nachricht wurde ihr Onkel augenblicklich hellhörig.

Sie zuckte mit den Achseln. »Ich weiß es nicht. Die Täter konnten entkommen.«

Vinny zog eine Augenbraue hoch. »Sie sind dir entkommen?«

»Und mir auch«, lautete der wenig hilfreiche Kommentar ihres Ehemannes, der gerade ins Zimmer schlüpfte. »Die Mistkerle haben mein Poolhaus in die Luft gejagt«, rief er und machte mit den Händen die entsprechende Geste einer Explosion. »Und eine gute Flasche Whisky hat es mich außerdem noch gekostet.«

»Der Mann wird verfolgt und du bringst ihn hier in mein Haus?« Vinny starrte sie an.

»Ich wusste nicht, wohin ich sonst gehen sollte.«

»Und noch mal, warum seid ihr nicht in einem Hotel abgestiegen?«

Sie klimperte mit den Wimpern, als sie sagte: »Weil bei dir die Sicherheitsvorkehrungen viel besser sind.« Als ihr Onkel sie böse anstarrte, sprach sie weiter: »Und außerdem liebst du mich, weil ich dich an meine Mutter erinnere.«

Vinny seufzte. »Ich nehme an, es ist euch gelungen, die Angreifer zu schnappen.«

»Nicht direkt«, sagte sie und versuchte, Zeit zu gewinnen.

Der wissende Blick ihres Onkels ging zwischen ihnen hin und her. »Lass mich raten, ihr wart zu sehr damit beschäftigt, euch zu versöhnen.«

Vinny hatte die Lage falsch verstanden. »Auf keinen Fall! Ich habe immer noch vor, mich von ihm scheiden zu lassen«, erklärte sie hastig.

»Um noch mal auf diese Angreifer zurückzukommen. Wer waren sie? Für wen arbeiten sie? Und waren sie hinter ihm oder dir her?«

Sie zuckte mit den Achseln. »Ich weiß es nicht. Der Idiot da drüben dachte, er hätte einen erwischt, doch er konnte entkommen.«

»Schlechte Knoten«, erklärte Neville achselzuckend und es schien ihm nicht im Geringsten etwas auszumachen, dass ihr Onkel ihn verhörte.

Vinny lehnte sich in seinem Stuhl zurück und faltete die Hände. »Das mag ja alles sein, aber ich verstehe trotzdem nicht, was er hier macht.«

»Ich will, dass er die Scheidungspapiere unterzeichnet.«

»Aber du hast doch gerade gesagt, dass er das nicht will.«

»Aber er hat keine Wahl.«

Sie sah ihren Ehemann wütend an, der lächelte und erwiderte: »Das behauptest du. Du bist diejenige, die die Scheidung will.«

»Und du nicht?«, fragte Vinny und blickte zwischen den beiden hin und her.

»Eigentlich nicht. Mir wäre es lieber, wenn

Natasha sich wie eine echte Ehefrau benehmen würde, dann muss ich mich nicht mehr mit den alleinstehenden Frauen herumschlagen, die mir hier einen Ring dranstecken wollen.« Er hielt seine linke Hand hoch.

»Aber du könntest ja auch einfach einen Ring im Laden kaufen«, lautete Vinnys Antwort.

»Einen falschen Ring?« Neville legte sich eine Hand aufs Herz. »Daran würde ich nicht einmal im Traum denken.«

»Was ist mit den Ringen von unserer Hochzeit passiert?«, wollte sie wissen. Weil er welche in der Tasche gehabt hatte. Er hatte ihr die Ringe am Abend zuvor gezeigt.

»Die hatten leider einen Unfall. Und ich wollte sie nicht ohne die Zustimmung meiner Frau ersetzen. Und davon einmal ganz abgesehen, wollte ich den Ehering auf den Verlobungsring abstimmen.«

»Den habe ich schon längst nicht mehr.« Das war eine Lüge. Er lag in ein Stück Stoff gewickelt in ihrem Schmuckkasten zu Hause.

»Das macht nichts. Wir können einen neuen kaufen.«

»Meint er das ernst?«, fragte Vinny und sah dann zu Neville hinüber. »Du kannst nicht mit ihr verheiratet bleiben. Sie ist mit jemand anderem verlobt.«

»Das ist eigentlich nicht möglich, da sie und ich rechtmäßig verheiratet sind.«

Vinny wandte sich von ihm zu Natasha um. »Hast du ihm nicht erklärt, was passiert, wenn dein Vater es herausfindet?«

»Du meinst die Tatsache, dass mein Vater ihn wahrscheinlich jagen und als Trophäe ausstellen wird, sobald er ihn gefangen hat?« Sie wippte auf den Fußballen. »Wenn er Nachforschungen angestellt hat, so wie er es behauptet, weiß er das schon.«

»Hast du einen Todeswunsch?«, fragte Vinny geradeheraus.

»Das werde ich in letzter Zeit ständig gefragt, und die Antwort lautet nein. Aber ich stehe zu meinem Wort und ich habe ein Gelübde abgelegt, bis dass der Tod uns scheidet.«

»Und der Tod kommt schneller, als du denkst, du Idiot, wenn du dich weiterhin so stur verhältst.«

»Soll das heißen, du bist bereit, über Zahlen zu reden?«, fragte Neville unschuldig.

»Was meint er damit?« Vinny kniff bei dem Wort *Zahlen* die Augen zusammen.

»Er will Unterhalt.«

»Wie viel?«, fragte Vinny.

Ihr Ehemann nannte eine unerhörte Summe. Sie

war dazu bereit, Nein zu sagen, als ihr Onkel Vinny entgegnete: »Abgemacht. Und jetzt unterschreib.«

»Ich möchte das bitte schriftlich haben«, beharrte er, was eine Stunde dauerte, weil sie einen Anwalt brauchten, um den Vertrag aufzusetzen. Während dieser Zeit ging ihr Mann zum Essen. Sie folgte ihm, überzeugt davon, dass er etwas im Schilde führte.

Er bereitete ein wunderbares Sandwich zu. Schichten von Fleisch und Käse mit einem Hauch Dijon-Senf dazwischen.

Als es fertig war, musste man seinen Kiefer aushebeln, um einen Bissen zu nehmen.

Sie hielt an einem gesunden Salat fest, hauptsächlich aus Trotz – was ihr Magen nicht zu schätzen wusste.

Während sie aßen, sprachen sie nicht viel. Überwiegend, weil sie verärgert war. Nicht weil ihr Onkel sich bereit erklärt hatte zu zahlen, sondern eher, weil Nevilles angebliche Treue zu seinem Gelübde offenbar einen Preis hatte. Es mochte ihr vielleicht nicht gefallen haben, aber sie hatte ihn mehr respektiert, als er sich noch geweigert hatte.

Nach der Mahlzeit kehrten sie in das Büro ihres Onkels und zu der neuen Scheidungsvereinbarung zurück. Neville machte eine Show daraus, sie gründlich zu lesen und sie dann zu unterschreiben, ohne sie auch nur ein Mal anzusehen. Er schob die Dokumente zurück in den Umschlag und übergab sie ihr.

Dann ging er. Ohne ein Wort. Kein Abschied oder letzter langer Blick. Gar nichts.

Als wäre sie nicht wichtig.

Und sie hasste es, dass ihr das etwas ausmachte. Und zwar sehr viel.

Und natürlich hatte Onkel Vinny auch noch das Bedürfnis, seinen Senf dazuzugeben.

»Schade, dass dein Vater sich auf dieses Kätzchen Simon eingeschossen hat. Dieser Töwe besitzt eine gehörige Portion Mut.«

»Und keinerlei gesunden Menschenverstand.«

»Zu meiner Zeit nannten wir das ›schneidig‹. Schade, dass es zwischen ihm und Isabella nicht geklappt hat. So langsam fange ich an, deinen Mann zu mögen.«

»Ex-Mann.«

»Bist du dir dessen sicher?«

Sie winkte mit dem Umschlag mit den unterschriebenen Dokumenten, doch als ihr Onkel weiterhin grinste, runzelte sie die Stirn und zog den Vertrag hervor.

»Diese Katzen-Missgeburt«, rief sie. Er hatte den

Vertrag sehr wohl unterschrieben, und zwar mit einer Nachricht.

Das erste Wort lautete: *Niemals*. Gefolgt von: *Bis später, Baby*.

Von wegen später, sie würde ihn jetzt gleich umbringen.

Kapitel Acht

WAS FÜR EIN SCHÖNER TAG. DIE SONNE SCHIEN und wärmte Deans nackte Brust, während er sich auf dem Dach des Pride-Wohngebäudes entspannte. Er hatte sein Hemd ausgezogen und trug nur seine Cargohose und eine Sonnenbrille. Keine Schuhe. Keine Waffen.

Er brauchte keine, nicht, wenn seine Frau für beide zusammen stark genug war. Und er erwartete, dass sie jede Sekunde auftauchen würde ...

»Neville Horatio Fitzpatrick!« Sie rief seinen Namen, als sie aus dem Aufzug auf das Dach sprang.

Sie zog mehr als einen faulen Blick auf sich – und mehr als ein Schwanz zuckte. Es gab viel Gekicher, als jemand spöttisch sagte: »Neville, war das nicht der Name des Erzfeindes von Garfield?«

»Das war Nermal«, erklärte Jodi.

»Und wer ist dann Neville?«, fragte Stacey.

Statt zu antworten, blieb Dean in der Sonne liegen und genoss die heißen Strahlen hinter seiner Sonnenbrille, bis jemand das Licht blockierte.

»Du verdammter Idiot!«

Er blieb mit geschlossenen Lidern liegen.

Sie schlug ihn mit einem aufgerollten Bündel Papiere. »Beachte mich gefälligst.«

Er machte ein Auge auf. »Hey, Baby. Ich habe dich nicht so früh erwartet. Hast du mich vermisst?«

»Bist du bescheuert?«

»Nicht nach den Intelligenztests, die ich machen musste.«

»Du hast gesagt, du unterschreibst.« Sie wedelte mit den Papieren.

»Ich habe doch unterschrieben.«

»Aber nicht mit deinem Namen«, fuhr sie ihn an.

»Ja, also, so nett das Angebot auch war, ich konnte es nicht annehmen.«

»Du bist derjenige, der es vorgeschlagen hat.«

»Nein, du hast mich nach einem Preis gefragt. Ich gab einen, der vernünftig erschien. Das bedeutet jedoch nicht, dass ich Interesse an einer Scheidung habe, egal wann.«

»Arschloch!«

Er schob seine Sonnenbrille hoch und grinste sie träge an. »Baby, also wirklich, redet man so mit seinem Ehemann?«

Plötzlich war es auch unter den zuschauenden Damen mucksmäuschenstill. Man hätte eine Stecknadel fallen hören können, so ruhig war es.

Bis jemand ausgesprochen laut flüsterte: »Hat er gerade gesagt, dass sie verheiratet sind?«

Man musste Natasha – und ihrem unglaublichen Mut – zugutehalten, dass sie nicht mal zuckte, als ein halbes Dutzend goldener Blicke auf sie traf, einige von ihnen ziemlich bedrohlich. Es war sowieso schon eindrucksvoll, dass sie es überhaupt bis zum Dach geschafft hatte. Wie hatte sie den Spießrutenlauf des Begrüßungskomitees überlebt? Hoffentlich hatte jemand Videomaterial davon.

Natasha warf ihr dunkles Haar zurück, als wollte sie sich ihnen entgegenstellen. »Mischt euch nicht ein«, lautete ihre Warnung. »Diese Angelegenheit geht nur mich und diese räudige Straßenkatze etwas an.«

»Nur damit du es weißt, mein Fell ist ausgesprochen weich und dicht. Wusstest du, dass Ariks Frau eine der Wohnungen im ersten Stock in einen Salon umgewandelt hat? Sie gibt hervorragende Kopfmassagen.« Diese Bemerkung rief zustimmendes Gemurmel hervor.

»Hör auf, dich absichtlich dumm zu stellen. Du hast einer Scheidung zugestimmt. Du hast alles bekommen, was du haben wolltest.«

Er setzte sich auf und antwortete etwas härter als notwendig: »Es ist mein Wunsch, verheiratet zu sein. Mit dir, sollte ich hinzufügen, falls das nicht klar ist.« Es fiel ihm immer leichter, das zu sagen.

»Aber ich bin mit jemand anderem verlobt!« In ihr stieg die Wut hoch und sie stampfte mit dem Fuß auf, aber es waren ihre Worte, die dafür sorgten, dass die Zuschauer »Oh« ausriefen, und einer sagte sogar: »Schnell, jemand soll Popcorn in der Küche bestellen!«

»Die solltest du besser lösen, denn Bigamie ist in diesem Staat verboten.«

»Das ist Erpressung. Ich will nicht mit dir verheiratet sein.«

Dean stand auf und stellte sich so vor sie hin, dass er sie überragte. »Dumm gelaufen. Du gehörst mir.«

»Oh«, riefen alle wieder schwärmerisch, mal abgesehen von seiner Ehefrau.

Natasha blieb stur. »Ich gehöre niemandem.«

»Ich habe eine Heiratsurkunde, auf der etwas anderes steht.«

Alle Augen richteten sich auf sie, und Zena, eine der wenigen Löwinnen, die nicht versuchten, ihn ins Bett zu kriegen, murmelte: »Ich wette zwanzig Dollar, dass sie ihm in den Bauch schlägt.«

»Ich halte fünfzig Dollar dagegen, dass sie noch miteinander Sex haben werden, bevor der Tag vorbei ist.«

Es wurden verschiedene Wetten abgeschlossen, doch er beachtete sie gar nicht. Er wagte es nicht, seinen intensiven Blick von Natasha abzuwenden.

»Ich werde nicht deine Frau sein.«

»Du meinst, du wirst nicht Simons Frau sein. Denn du bist ja bereits Mrs. Fitzpatrick.« Er reizte sie verbal. Und trotzdem fuhr sie noch nicht die Krallen aus. Obwohl sie ziemlich leicht wütend wurde, hatte sie eine ausgesprochen gute Selbstbeherrschung.

»Ich werde dich umbringen«, knurrte sie.

»Wenn ich du wäre, würde ich das nicht tun. Meine Tante Kari wird stinksauer, wenn du mir wehtust. Ich bin ihr Lieblingsneffe.« Er zeigte auf sie, ohne hinzusehen.

»Sag nur ein Wort, und ich zerfetze sie für dich, Lieblingsneffe«, zwitscherte Tante Kari als Antwort.

Diese Drohung sorgte nur dafür, dass Natasha die Augen zu Schlitzen verengte. »Sie soll es ruhig versuchen. Ihr könnt es alle versuchen. Falls ich sterbe, wird mein Vater euch alle ruinieren.«

»Wer ist denn ihr Vater?«, fragte jemand.

Ohne den Blick abzuwenden, denn nur ein Idiot wandte den Blick von einer wütenden Tigerin ab, antwortete Dean: »Sergeii Tigranov.«

»Hat er das wirklich gerade gesagt ...« Der Satz wurde nicht beendet.

Trotz des Unterhaltungswerts, ihn mit seiner unglücklichen Braut streiten zu sehen, führte der vor allem in ihren Kreisen bekannte Name dazu, dass die zuschauenden Löwinnen sich zerstreuten. Sogar hier, weit weg von ihrer Heimat, war die Familie Tigranov bekannt für ihre Gnadenlosigkeit.

»Wie ich sehe, haben sie mehr gesunden Menschenverstand als du«, stellte Natasha fest.

»Es ist wahrscheinlicher, dass sie die Glocke zum Abendessen gehört haben. Heute gibt es im Restaurant Tacos.«

»Tacos?« Sie blickte wehmütig auf die Tür, die nach unten führte. Es war verdammt niedlich.

»Mit Queso-Käsesoße und hausgemachten Tortilla-Chips.«

»Hör auf, mich in Versuchung zu bringen, ich

werde mich nicht durch eine Mahlzeit bestechen lassen.« Sie zog einen weiteren Umschlag aus ihrer Tasche und wedelte damit vor ihm herum. »Unterzeichne die verdammten Papiere.«

»Nein.«

»Welchen Teil von *Mein Vater wird dich umbringen* verstehst du nicht?«

»Die Antwort lautet immer noch nein. Und wer behauptet überhaupt, ich könne die Zustimmung deines Vaters nicht gewinnen?«

»Versuche es, und du wirst mit Betonfüßen enden und die Fische im See auf unserem Familienanwesen füttern.«

»Hältst du mich wirklich für so dämlich? Mit deinem Vater kann ich schon umgehen.«

»Lass meinen Vater in Ruhe.«

»Ich werde ihm nicht wehtun. Aber ich werde dafür sorgen, dass er unserer Verbindung zustimmt.«

»Das wird nicht passieren, denn er ist nicht das größte Problem. Als ich dachte, meine Babuschka liegt im Sterben, habe ich ihr versprochen, Simon zu heiraten.«

Das wirkte ziemlich ernüchternd auf ihn. »Hat sie sich wieder erholt?«

»Ja.«

»Um ihr die Enttäuschung leichter zu machen,

werde ich Blumen mitbringen, wenn ich sie kennenlerne.«

»Das wirst du nicht tun. Ich werde nicht zulassen, dass sie deinetwegen einen Herzanfall bekommt.«

»Warum glaubst du, dass sie unglücklich wäre, wenn sie erfährt, dass du bereits verheiratet bist?«

»Ist das nicht offensichtlich? Das Problem ist, dass ich mit dir verheiratet bin.«

»Und? Was stimmt nicht mit mir? Wie du schon festgestellt hast, bin ich wohlhabend.« Seine Eltern starben, als er noch ein Teenager war, hinterließen ihm aber neben zahlreichen anderen Dingen auch zwei hohe Lebensversicherungen.

»Du bist aber kein Tiger.«

»Ich bin zur Hälfte Tiger.«

»Meine Babuschka ist Puristin. Sie würde dich niemals akzeptieren.«

»Ich habe dich nicht für einen Feigling gehalten.«

Sie sah ihn von oben bis unten an, und das ziemlich abschätzig. Dann seufzte sie schwer. »Du wirst sowieso nicht aufgeben, bis ich zustimme, oder?«

»Du musst verheiratet sein und ich glaube nicht an Scheidung. Warum sollten wir es also nicht versuchen, um unserer beider willen?«

»Das gibt ein Chaos.«

»Glaubst du, dass Simon weinen wird?«

»Wen interessiert schon Simon. Meinem Vater wird es nicht gefallen, wenn Babuschka sich aufregt. Verdammt, ich will sie auch nicht aufregen, ich will nicht, dass sie wirklich stirbt.«

»Ich werde mich um sie kümmern. Die Frauen lieben mich.«

Sie schnaubte verächtlich.

»Vertrau mir.«

Das waren seine berühmten letzten Worte, genau wie »*Halt mal mein Katzengras.*«

Flap. Flap.

Der gleichmäßige Takt deutete auf einen Hubschrauber über ihnen hin, was in der Stadt, in der viele der höchsten Gebäude Landeplattformen hatten, nicht gerade ungewöhnlich war. Dieser schien jedoch auf das Wohngebäude der Pride Group zuzufliegen, das nicht über einen Landeplatz verfügte. Es sollte auch angemerkt werden, dass normale Hubschrauber gewöhnlich eine Art Logo trugen, das anzeigte, zu wem sie gehörten: neugierige Nachrichtensender, Rundflüge, eine Firma, die sich einen privaten Hubschrauber leisten konnte, um ihre Top-Katzen herumzufliegen.

Der immer näher heranfliegende Hubschrauber

erschien mattschwarz und schnittig. Er hatte auch Maschinengewehre, die an ihren Platz rutschten und Funken sprühten, wenn sie feuerten.

Kein Grund zu schreien, Natasha bewegte sich bereits und lief in Deckung, als Geschosse das Betondach mit Kugeln durchbohrten.

Dean lief im Zickzack hinter ihr her und spielte ein Spiel, bei dem er den Kugeln ausweichen musste. In einem Augenblick hatte er sich hinter der Tiki-Bar versteckt. Bestenfalls ein schwacher Schutzschild. Der Hubschrauber schwebte über ihnen und sie hörten das Reiben von Handschuhen an Nylon, als Leute sich abseilten.

Er warf einen Blick auf Natasha, die etwa so ängstlich aussah wie ein Tiger, der einer Kaninchenhöhle gegenüberstand. Das heißt, sie grinste und hatte in jeder Hand eine Waffe.

»Bereit?«, fragte sie.

Bevor er auch nur daran denken konnte zu antworten, stand sie auf und begann zu schießen, ihr Revolver war in der Lage, die Körperpanzerung der Männer zu durchbohren. Aber sie war klug, sie zielte nicht, um tödliche Schüsse abzugeben, sondern wollte nur verletzen. Ein Handgelenk, das ein Gewehr hielt. Eine Kniescheibe, was unglaublich schmerzhaft und wahnsinnig effektiv war, wenn es darum ging, jemanden außer Gefecht zu setzen.

Was Dean betraf, so hatte er keine Waffe, nur einen Hocker und einen alten Rekord im Kugelstoßen. Er schwenkte den hölzernen Sitz nach oben und zum Hubschrauber hin, wobei das Möbelstück in den Rotorblättern hängenblieb. Splitter regneten herunter und Metall stöhnte. Der Hubschrauber driftete seitlich ab, richtete sich aber schnell wieder auf, und die Maschinengewehre begannen wieder zu feuern.

Auf Dean.

Er lief auf die Kugeln zu, statt vor ihnen davonzulaufen, ließ sie auf sich zukommen und grunzte, als eine es schaffte, in den fleischigen Teil seines Armes zu treffen. Er griff im Vorbeigehen nach einem weiteren Hocker und schwang ihn erneut, und bemerkte erst dann, dass er einen kleinen Beistelltisch aus Metall erwischt hatte.

Gronk. Das Quietschen des Metalls erwies sich als laut und die Wirkung war noch größer. Der Hubschrauber legte sich zur Seite, als er mit seinen jetzt krummen Rotorblättern außer Kontrolle geriet. Er geriet ins Wanken und als er über die Kante hinausging, zogen die an den Schützen befestigten Gurte sie mit sich, außer Reichweite.

Tante Marni tauchte plötzlich auf dem Dach auf und ließ eine Peitsche knallen, die sich um das Bein des Hubschraubers wickelte. Sie stemmte sich mit den Füßen dagegen, aber der sich bewegende Helikopter zog sie mit. Die anderen Löwinnen, die auf das Dach strömten, packten sie, und sie versuchten, mit ihrem gesamten Gewicht den Hubschrauber zu verlangsamen. Doch plötzlich stürzte sie und landete unsanft auf dem Boden, als einer der Söldner auf die Peitsche schoss und sie durchtrennte. Der Hubschrauber flog davon und nahm die Brise mit, die Deans gestreifte Locken aufwühlte.

Er legte die Hände auf seine Hüften und starrte dem Hubschrauber hinterher.

»Wer waren diese unverschämten Kriminellen?«, fragte seine Tante.

»Wer wagt es, das Rudel anzugreifen?«, fragte jemand anderes.

Und das war eine gute Frage. Welcher Idiot tat so etwas?

Schließlich war es Luna, die es mit grimmigem Gesichtsausdruck zuerst aussprach. »Ich glaube, da hat uns jemand den Krieg erklärt.«

Kapitel Neun

Eine Stunde später, als sie durch den Sitzungssaal des Löwenkönigs voller großer, goldhaariger Leute und einem gestreiften Burschen schritt, konnte Natascha die Dreistigkeit des Angriffs immer noch nicht glauben.

»Ich will wissen, wer sie geschickt hat.« Es war Arik, der Führer des Rudels, der durch das Gemurmel im Raum brüllte.

»Wir arbeiten daran«, erwiderte eine der wenigen dunkelhaarigen Frauen. Melly hieß sie, oder so ähnlich. »Bis jetzt haben wir noch nichts herausgefunden. Am Helikopter befanden sich keinerlei Markierungen, sodass es wirklich schwer ist herauszufinden, woher er stammt.«

»Ihr werdet nichts finden. Es war ein Geheimeinsatz«, lautete Nevilles Beitrag.

»Wie kommst du darauf?«, fuhr jemand ihn an.

»Weil sie nicht nur gut ausgerüstet waren, sondern auch schlau genug, keine Spuren zu hinterlassen«, erklärte Natasha.

»Dich hat niemand gefragt«, sagte eine ältere Frau, eine Tante von Neville, und sah sie böse an.

»Warum ist sie«, eine jüngere, blonde Löwin zeigte mit dem Daumen auf Natasha, »überhaupt noch hier?«

»Sie ist wahrscheinlich der Grund dafür, dass diese idiotischen Menschen angegriffen haben. Schließlich ist sie eine Tigranov«, erklärte eine weitere Tante, als wäre das etwas Schmutziges.

»Bitte sei vorsichtig, wie du über meine Frau sprichst«, knurrte Neville leise.

Arik schlug mit der Handfläche auf den riesigen Tisch. »Natasha Tigranov ist hier, weil wir ihr eine Entschuldigung dafür schulden, dass wir sie nicht beschützt haben, während sie Gast des Rudels war. Sie hat außerdem unseren Dank verdient, weil sie geholfen hat. Und abgesehen davon macht die Tatsache, dass sie mit Dean verheiratet ist, sie zu einer von uns.« Er schaute sich im Raum um, um zu sehen, wer es wagen würde, ihm zu widersprechen.

»Aber sie will nicht mit ihm verheiratet sein.«

»Das ist nur ein Missverständnis, Tante Kari«, erklärte Neville.

»Entweder das oder sie hat keinen Geschmack«, schnaubte seine Tante Loretta, die sich vor dem Treffen an ihn angeschlichen und geflüstert hatte: »Ich wollte schon immer ein gestreiftes Fell.«

»Wenn sie nicht verheiratet sein will, kann ich mich um das Problem kümmern«, murmelte Tante Marni und zog damit Nevilles wütenden Blick auf sich.

»Zu deiner Information, Natasha und ich haben beschlossen, unserer Ehe eine echte Chance zu geben. Und das bedeutet, dass ich mir den Jet leihen muss.«

»Fliegst du in die Flitterwochen?«, fragte Tante Kari und verdrehte sarkastisch die Augen.

»Flitterwochen. Junggesellenabschied. Ihre Eltern kennenlernen. Natasha und ich haben einiges nachzuholen, und das sorgt hoffentlich gleichzeitig auch dafür, dass unsere Angreifer uns verfolgen müssen, sodass wir die Gelegenheit haben herauszufinden, aus welchem Grund sie uns angreifen.«

»Hältst du es wirklich für eine gute Idee, jetzt abzureisen, nach allem, was passiert ist?«, fragte Kira, die einzig vernünftige Person im Raum. Es waren wahrscheinlich ihre menschlichen Gene, denen sie diese Vernunft zu verdanken hatte.

Neville zuckte mit den Achseln. »Wenn sie hinter mir her sind, bedeutet meine Abreise, dass sich das Problem für das Rudel erledigt hat.«

»Wenn dich jemand angreift, ist das immer noch ein Problem des Rudels«, rief Arik ihm ins Gedächtnis.

»Aber es wäre mir trotzdem lieber, wenn ich irgendwo angegriffen werde, wo es weniger wahrscheinlich ist, dass andere zu Schaden kommen.«

Luna lachte verächtlich. »Niemand wurde verletzt. Sie haben mit Platzpatronen geschossen.«

Tatsächlich. Sie waren zu sehr damit beschäftigt gewesen, sich zu ducken, um zu bemerken, dass die Maschinengewehre mit Gummigeschossen geladen waren. Stechend schmerzhaft, aber keineswegs tödlich. Natasha fragte sich, ob sie diese Entscheidung bedauerten, da sie sie mit richtigen Kugeln verwundet hatte.

»Die Bomben in deinem Haus waren auf jeden Fall echt«, stellte Natasha fest.

»Wer möchte meinen Neffen tot sehen? Ich will sofort einen Namen!« Tante Marni schlug mit der Faust auf den Tisch.

»Wir betreiben Nachforschungen«, grummelte

Melly, »aber wir brauchen weitere Hinweise. Ich halte Deans Idee, von hier abzuhauen, für gut. Wenn er die Zielperson ist, wird es dafür sorgen, dass die Täter sich aus ihrem Versteck trauen, und wenn er in Bewegung bleibt, müssen sie schnell handeln, anstatt Zeit zu haben, einen richtigen Hinterhalt vorzubereiten.«

»Warum sollten sie überhaupt angreifen, wenn sie keine echten Kugeln benutzen?«, fragte Arik. »Und wie können wir dafür sorgen, dass das nicht noch einmal passiert? Ich möchte nicht, dass meine Leute einem weiteren Angriff ausgesetzt sind.«

»Ich arbeite daran, Chef«, murmelte Melly. »Ich bin gerade dabei, ein Warnsystem für den Luftraum in Betrieb zu nehmen, das uns benachrichtigt, falls irgendein unidentifiziertes Flugobjekt sich nähert.«

»Sorge dafür, dass es auch auf Drohnen anspricht«, fügte Neville hinzu.

»Ich möchte, dass sogar Drachen vom Himmel geholt werden«, grollte Arik, während er auf und ab ging. »Wir müssen eine Nachricht an denjenigen schicken, der es gewagt hat, uns anzugreifen, damit klar ist, dass so ein Benehmen inakzeptabel ist.«

»Jawohl, Sir.« Wenn der König sprach, antworteten alle. Arik wandte sich wieder an Neville. »Wann wollt ihr los?«

»So schnell wie möglich. Wir sollten ihnen keine Zeit geben, sich neu zu formieren.«

»Ich werde den Jet sofort startklar machen lassen. Luna, er wird Schutz brauchen«, befahl Arik, aber Neville schüttelte den Kopf.

»Ich möchte nicht, dass noch andere Leute mitkommen.«

»Ich lasse euch nicht alleine losziehen.« Der König würde sich in diesem Punkt nicht umstimmen lassen.

»Ich werde ja nicht alleine sein.« Neville sah zu Natasha. »Ich habe eine ausgesprochen fähige Frau.«

Die Tatsache, dass er ihr inmitten seiner eigenen Leute ein Kompliment machte, wärmte sie innerlich, besonders weil viele andere sie böse ansahen.

»Woher wissen wir, dass sie nicht der Grund dafür ist, dass wir plötzlich Probleme haben?«, fragte Tante Loretta. »In Anbetracht der Tatsache, mit wem sie verwandt ist.«

»Oh, würde mein Vater dahinterstecken, würde das Haus schon längst nicht mehr stehen. Er macht keine halben Sachen und ist sicher nicht sonderlich subtil«, erklärte Natasha.

»Tigranov würde niemals etwas tun, um seine eigene Tochter in Gefahr zu bringen. Der Angriff sollte irgendeine Art von Nachricht darstellen. Und ich will wissen, was genau es bedeutet.«

Das Treffen wäre vielleicht fortgesetzt worden, wenn da nicht das plötzliche Summen gewesen wäre, das plötzlich mehr als ein Mobiltelefon betraf.

Da Natasha nicht Teil der Kommunikationsschleife war, beugte sie sich vor, um auf dem Bildschirm mitzulesen, den Kira neben ihr hielt.

An den Toren der Wohnanlage standen Polizisten und forderten Einlass. Anscheinend hatten sie einen Hinweis auf ein Drogenlabor im Keller erhalten.

Das führte zu einer hektischen Verlegung der Käfige und anderer zooähnlicher Geräte, die sie dort unten für den gelegentlichen problematischen Gestaltwandler aufbewahrten. Während das Rudel damit beschäftigt war, die Polizisten davon zu überzeugen, dass nichts Seltsames vor sich ging, wurden Neville und Natasha zusammen mit eilig vorbereitetem Gepäck in eine Limousine mit verdunkelten Fenstern gepackt und zu einem privaten Flugplatz gebracht.

Die meiste Zeit dieser Reise verbrachte sie mit ihrem Telefon. Sie schickte SMS, ihre Finger flogen über die Tastatur. Seine wenigen Gesprächsversuche wurden mit einem Blick abgewehrt. Sie war noch nicht bereit, mit ihm zu kommunizieren.

Sie versuchte immer noch, sich mit der Tatsache abzufinden, dass sie seinem Plan, verheiratet zu bleiben, zugestimmt hatte.

Was hatte sie sich dabei gedacht? Ihr Vater würde niemals seinen Segen geben. Babuschka würde wahrscheinlich an der Schande sterben, dass Natascha einen Mischling geheiratet hatte. Und die Familie würde den Sündenfall der Zarentochter feiern.

Und ihr idiotischer Ehemann wollte einfach den Mund nicht halten. »Liegt es an mir oder war das der armseligste Angriff aller Zeiten?«

»Ich würde es nicht unbedingt als armselig bezeichnen. Schließlich hat es uns auf jeden Fall aufmerksam gemacht.«

»Aber was haben sie damit erreicht? Ganz offensichtlich wollten sie uns nicht verletzen, sonst wären es echte Kugeln gewesen.«

»Glaubst du, dass dieselbe Gruppe dahintersteckt, die auch die Bombe in deinem Haus gelegt hat?«

»Vielleicht.« Er zuckte mit den Achseln. »Es wäre mehr als merkwürdig, wenn zwei verschiedene Gruppen vorhätten, uns zu töten.«

»Uns? Meinst du nicht dich?«

»Beide Angriffe fanden statt, als wir zusammen waren«, gab er zu bedenken und sah auf seiner Seite des Wagens ziemlich entspannt aus. Er trug ein lockeres Hemd mit Knöpfen und eine bequeme Cargohose.

»Zufall.«

»Glaubst du wirklich? Ich finde es merkwürdig, dass wir mittlerweile zwei Angriffe ohne ernsthafte Verletzungen überstanden haben. Noch dazu ziemlich freche Angriffe, wie ich hinzufügen möchte. Zuerst in meinem eigenen Zuhause und dann im Gebiet des Rudels.«

»Versucht vielleicht jemand, das Rudel dazu zu bringen, vorschnell zu handeln?«, schlug sie vor.

»Meine Tante geht davon aus, dass es ihr Ziel war, deinen Vater zu reizen.«

»Ich bin genauso tödlich wie er, wenn ich wütend bin«, grummelte sie.

»Und außerdem ausgesprochen süß.«

Sie warf ihm einen bösen Blick zu.

»Ich mag es, wenn du mich so ansiehst, Baby.« Er zwinkerte ihr zu.

»Wenn du dich weiterhin so blasiert benimmst, musst du dir keine Sorgen darüber machen, meinen Papa kennenzulernen.«

»Warum hast du Angst davor? Fürchtest du, dass er mir seinen Segen geben könnte?«

Daraufhin lachte sie trocken. »Ich wollte damit nur sagen, dass es mir leidtun wird, wenn ich deine Tanten töten muss, weil sie sich an meinem Vater rächen möchten.«

Er lachte aus vollem Hals. »Ich sehe schon, unsere Familienessen an den Feiertagen werden ausgesprochen interessant.«

»Allerdings. Ich hoffe, du hast einen Magen aus Stahl«, murmelte sie, denn ihre Tante Rafaella übertrieb es manchmal ein wenig mit den Gewürzen. Besonders mit den giftigen.

Die Fahrt zum Flugplatz verlief ohne Zwischenfälle. Sie blieb in Alarmbereitschaft, und trotz Nevilles Unbekümmertheit zweifelte sie keinen Augenblick daran, dass er trotz seiner Gelassenheit im Bruchteil einer Sekunde handeln würde.

Sie hatte immer noch keine Ahnung, wer von ihnen das Opfer war. Es wäre leicht anzunehmen, dass es ihr Mann war, und doch, was wäre, wenn sie sich irrte? Könnten die Angriffe auf sie gerichtet sein?

Der Jet wartete auf dem Privatflugplatz auf sie. Er war golden gestrichen und hatte das Logo der Pride Group in Schwarz auf seinem Heck.

Sie konnte immer noch nicht glauben, dass sie seiner verrückten Idee zugestimmt hatte, verheiratet zu bleiben und gegen den Willen ihrer Familie zu handeln. Bevor sie die Stufen hinaufgingen, drehte sie sich zu ihm um und beschloss, ihn ein letztes Mal zu warnen.

»Bist du dir sicher, dass wir das tun sollten? Es ist noch nicht zu spät, die Scheidungspapiere zu unterschreiben.«

»Ich bin mir vielleicht nicht immer sicher, welche Eiscreme ich zum Nachtisch möchte, denn ganz ehrlich, wer kann sich schon zwischen Schoko-Pfefferminz mit Schokostückchen und Caramel Swirl entscheiden? Aber was unsere Hochzeit angeht, bin ich mir hundertprozentig sicher. Komm, treffen wir uns mit deinen Eltern.«

Sie schüttelte den Kopf. »Aber mach besser nicht mich dafür verantwortlich, wenn du in kleine Teile zerhackt und an die Schweine verfüttert wirst.«

»Mach dir keine Sorgen um mich, Baby.«

Baby. Ach. Sie hatte eine Hassliebe zu diesem Kosenamen entwickelt. Auf der einen Seite war es für sie als Frau erniedrigend. Sie war kein Kind. Sie war eine Killerin, eine Geschäftsfrau, stark und brauchte definitiv keinen Aufpasser. Andererseits wusste Neville all diese Dinge und sah sie dennoch als Frau und behandelte sie, als wäre sie das reizendste Ding, das er je gesehen hatte.

Dieser Teil gefiel ihr irgendwie.

Was ihr nicht gefiel, war die Art und Weise, wie die Schlampen ihn gierig anstarrten, egal wo sie hingingen. Zuerst auf dem Dach und dann unten in der Eingangshalle, als sie herunterkamen. Dieselben Damen und ein paar andere lungerten herum und beäugten sie, einige mit eklatantem Interesse, während andere sie mit tödlichen Blicken musterten.

Als Neville nicht hinsah, machte sie eine unhöfliche Geste und verdeutlichte so, dass er ihr Mann war. Für den Augenblick.

Trotz seiner Angeberei würde Papa ihn umbringen. Und wenn er es nicht täte, würde Babuschka es sicherlich tun. Nevilles Tage waren gezählt, was sie in gewisser Weise genug entspannte, um zu erkennen, dass sie nichts zu verlieren hatte.

Außer vielleicht eine Chance, sich zu vergnügen.

Sie gingen an Bord des Flugzeugs und ihr Mann war derjenige, der die Luke zumachte. Der Pilot war bereits im Cockpit und meldete: »Der Flug nach Italien wird in den nächsten zehn Minuten starten. Bitte anschnallen.«

Sie sah Neville an. »Italien? Ich dachte, wir

fliegen zu meiner Familie. Mein Vater hält sich derzeit in Sankt Petersburg auf.«

»Aber du hast doch gesagt, dass morgen Abend deine Junggesellinnenparty stattfindet.«

»Ja, aber die wollte ich eigentlich absagen, da die Hochzeit ja ausfällt.«

»Das solltest du besser nicht, und die Zeremonie selbst auch nicht. Als wir zum ersten Mal geheiratet haben, haben wir es schnell gemacht, und es war nur Lawrence dabei. Es gibt keinen Grund, warum wir nicht eine große Feier mit Familien und Freunden haben sollten.«

Sie tätschelte seine Wange. »Dein Optimismus, so lange zu überleben, ist ausgesprochen niedlich.«

Er hielt ihre Hand fest und drückte sie gegen seine Haut. »Ich habe vor, bis ins hohe Alter mit dir zusammenzubleiben, Baby.«

Da begann ihr Herz schon wieder zu flattern. Es pochte jedes Mal, wenn er sie anlächelte, ihre Hand hielt und im Allgemeinen einfach nur existierte. So nervig.

Von all den leeren Plätzen wählte er natürlich den direkt neben ihr.

Sie wartete darauf, dass er seinen Zug machte. Stattdessen hielt er ihre Hand, lehnte den Kopf zurück und schlief ein.

Er schnarchte nicht und fiel nicht auf sie und sabberte auch nicht, während er schlief. Aber er schlief tief und fest.

Sie dagegen war hellwach. Sie ließ sich immer wieder verschiedene Szenarios durch den Kopf gehen, wie sie ihren Mann präsentieren könnte. Alle endeten mit ihr als Witwe.

Sie warf ihm einen Blick zu.

Es schien eine Schande zu sein, die wenige Zeit zu verschwenden, die ihm noch blieb.

Sie setzte sich auf seinen Schoß und er grummelte: »Was machst du da?«

»Die Ehe vollziehen.« Sie begann, sein Hemd zu öffnen, und als die Knöpfe nicht so wollten wie sie, riss sie es einfach auf.

»Ich mochte dieses Hemd«, stellte er fest.

»Dann hättest du es ausziehen sollen, bevor ich das erledigen musste.«

Sein Brustkorb bebte, als er leise lachte. »Du bist wohl ein wenig ungeduldig?«

»Ich habe Lust auf Sex.« Sie blieb ehrlich.

»Und das konntest du mir nicht vor ein paar Stunden sagen, als wir noch in der Nähe eines gemütlichen Bettes waren?«, knurrte er, die Hände auf ihrer Hüfte.

»Die Sitze lassen sich zurückklappen.«

»Aber wir sind nicht alleine.«

»Der Pilot ist damit beschäftigt, das Flugzeug zu fliegen. Und wenn ihm sein Leben etwas wert ist, sollte er uns besser nicht unterbrechen.«

»Ich werde ihn töten, wenn er es versucht«, erklärte er.

»Aber erst, nachdem wir gelandet sind, wenn es dir nichts ausmacht.«

Lebend ankommen. Ein Mantra, nach dem zu leben sich lohnte.

Sie hob ihr Hemd hoch und enthüllte einen Halbschalen-BH, wobei ihre Brustwarzen sich bei seinem glühenden Blick verhärteten. Sie warf das Oberteil zur Seite. Jetzt hatte sie nur noch einen BH und Jeggings an, die ihre Figur formten und ihr erlaubten, rittlings auf ihm zu sitzen und die harte Wölbung in seiner Hose zu spüren.

Sie rieb sich daran und er zischte. »Willst du mir die auch runterreißen?«

»Vielleicht«, war ihre schnurrende Antwort, bevor sie seinen Mund in einem glühenden Kuss eroberte. Wenn sie dachte, sie könnte kontrollieren, was als Nächstes geschah, irrte sie sich. Er übernahm sofort das Kommando, sorgte dafür, dass sie die Lippen öffnete, und verwickelte dann ihre Zungen in ein Duell um die Vorherrschaft. Ein sanftes

Gleiten ihrer Zungen, das das Verlangen in ihr entfachte.

Sie rieb sich an ihm, während sie sich küssten, und mit den Händen umschlang er fest ihre Hüften.

»Immer noch so verdammt sexy«, knurrte er.

»Obwohl ich eine Lügnerin bin?«, neckte sie ihn und hauchte ihre Worte heiß gegen seine Lippen.

»Glaubst du mir, wenn ich dich dadurch nur noch heißer finde?« Er küsste sie erneut, diesmal langsam und sinnlich, und bei seiner Umarmung grub sie ihre Finger in seine Schultern. Sie wand sich auf ihm und rieb sich an seiner harten Erektion, die trotz seiner Hose spürbar war.

Sie lehnte sich einen Moment lang zurück, hakte ihren BH aus und warf ihn weg. Sie entblößte sich vor ihm und sonnte sich in der erhitzten Glut seines Blickes.

Sie wölbte den Rücken und präsentierte ihre Brüste. Er brauchte keine weitere Einladung. Mit einem Arm um ihre Taille beugte er sich vor und legte seinen Mund auf ihre Brustwarze.

»Ja.« Sie zischte das Wort, als sich ihr beim sanften Saugen seines Mundes die Muschi zusammenzog. Sie wand sich und keuchte, während er saugte, wobei er ihre Brustwarze direkt in seinen

Mund schob. Er wirbelte seine Zunge um sie herum. Er zwickte sie. Er saugte wieder daran.

Sie miaute. Sie wimmerte. Sie wippte auf seinem Schoß. Schrie, als er die Seiten wechselte. Sie genoss jede Minute, die er damit verbrachte, mit ihren Brüsten zu spielen und sie abwechselnd zu lecken, bis sie nicht mehr konnte.

Sie stieß sich ein wenig von ihm weg.

»Jetzt bin ich dran.« Er war nicht der Einzige, der gern spielte.

Sie rutschte von seinem Schoß herunter, ging auf die Knie und packte den Bund seiner Hose. Er hob seine Hüften an, als sie daran zog und sie abstreifte, sodass er nur in seinen dunklen Boxershorts dasaß, die sich mit seiner Erektion wölbten.

Sie nahm die Hände hinter den Rücken und beugte sich nach vorne, wobei sie mit den Zähnen nach dem Stoff der Unterhose griff. Sie zerrte und befreite seinen Schaft. Er stand stramm, dick und verlockend.

Sie leckte ihn ab, und er zischte.

Sein Körper zitterte.

Oh, die Macht.

»Beweg dich nicht«, warnte sie, als sie ihre Zähne über die seidene Haut seines Schwanzes streifen ließ.

Er zitterte.

Sie saugte an seinem Schwanz und er stöhnte.

Als er nach ihrem Haar greifen wollte, knurrte sie: »Ich habe die Kontrolle.«

Ebenfalls knurrend erwiderte er: »Wenn du nicht aufhörst, werde ich die Kontrolle verlieren.«

Ihr Lachen vibrierte gegen die Haut an seinem Schwanz, als sie ihn in den Mund nahm. Sie konnte den salzigen Lusttropfen auf seiner Schwanzspitze schmecken, als sie ihn tief in sich aufnahm. Wie sie das Gefühl liebte, seinen Schwanz in ihrem Mund zu haben. Sie bewegte ihre Lippen entlang seiner gesamten Länge auf und ab, zog sie über die empfindliche Haut und kostete jeden Zentimeter. Sein Schwanz pulsierte und zitterte, während sie saugte. Sein Atem wurde rau, als sie auf und ab wippte.

Sie hätte ihn in ihrem Mund kommen lassen können. Aber sie wollte mehr als das. Sie brauchte ihn in sich. Sie brauchte den Orgasmus, den nur sein Schwanz, der gegen ihren G-Punkt stieß, ihr geben konnte. Schnell zog sie ihre Hose aus, dann setzte sie sich erneut auf ihn und positionierte sich über seinem Schwanz. Seine Hände waren auf ihren Hüften, aber er führte sie nicht. Er ließ ihr die Wahl des Tempos und sie entschied sich für langsam, denn sie senkte sich Stück für Stück auf seinen Schaft. Er dehnte sie so wunderbar. Sie grub ihre Finger in seine Brust, als er tief in sie eindrang. Und noch tiefer, bis er bis zum Anschlag in ihr steckte. Pulsierend.

Oje.

Immer noch nicht in Eile wand sie die Hüften, rieb sich an ihm und fühlte, wie er mit dem Schwanz gegen die wunderbare Stelle in ihrem Inneren stieß.

Seine Hände auf ihren Hüften halfen ihr, einen Rhythmus zu finden, ein schaukelndes und rollendes, reibendes Stoßen, das ihre Lust immer höher und höher schraubte, bis sie ihren Höhepunkt erreichte.

Und sie hätte schreien können, aber er fing das Geräusch mit seinem Mund auf, zog sie zu einem Kuss heran, während seine Hüften weiter pumpten, fuhr in sie hinein und zögerte ihren Orgasmus hinaus, bis sie mit einem zufriedenen Stöhnen auf ihm zusammenbrach.

Schließlich rollte sie sich auf den Sitz neben ihm – oder versuchte es. Stattdessen landete sie auf seinem Schoß, wiegte sich in seinen Armen. Er zog eine Flugzeugdecke über sie.

»Ich sollte mir etwas anziehen.«

»Später.«

Ein guter Rat, da sie noch zweimal Sex hatten, das letzte Mal so, dass sie sich mit den Händen an einem Sitz abstützte, während er sie von hinten nahm. Er stieß in sie und grub seine Finger in ihre Hüften, während er sie stieß, bis er kam und knurrte: »Meins.«

Und sie erlaubte sich, das Konzept zu genießen, bis sie landeten und die Realität sie empfing.

Kapitel Zehn

Jetzt hatte er auch seine Fantasie, Sex im Flugzeug zu haben, erfüllt. Wenn nur seine Frau nicht aussehen würde, als stünde sie kurz vor einer Beerdigung. Und zwar seiner.

Auf der Taxifahrt zu ihrem Hotel sprachen sie nicht viel. Natasha versuchte immer wieder, ihre Angst zu verbergen, und doch verriet sie sich jedes Mal, wenn sie ihn ansah, weil sie mit den Zähnen an der Unterlippe nagte. Sie machte sich Sorgen um ihn, was bedeutete, dass sie ihn mochte – mehr als sie zugegeben hätte. Langsam, aber sicher wurde sie weicher. Verdammt, sie war im Flugzeug für ihn geradezu geschmolzen.

Es spielte keine Rolle, dass sie ihn verführt hatte, denn sie war weiterhin davon überzeugt, dass er in dem Moment sterben würde, in dem sie den Mitgliedern ihrer Familie verkündete, dass sie ein Ehepaar wären. Sie wusste nicht, dass sie schon seit Monaten versuchten, ihn zu töten. Zumindest nahm er an, dass es ihre Familie war, die die Schläger schickte, da es losgegangen war, kurz nachdem er angefangen hatte, seine Frau überprüfen zu lassen.

Der erste Angriff war als Raubüberfall getarnt. Der Schläger war aus einer Gasse gesprungen, eine Skimaske über dem Gesicht, und hatte ein Messer geschwungen. Der Versuch war recht beleidigend. Er entwaffnete ihn schnell, aber die Angriffe kamen immer wieder.

Zuerst versuchte er, sie zu schonen. Er schlug diejenigen, die ihn in den Hinterhalt zu locken versuchten, mit aller Härte. Denjenigen, der ihn verfolgte, hatte er aufgrund ausstehender Haftbefehle festnehmen lassen. Die Angriffswellen wurden kühner und heftiger, bis hin zur Vergiftung des Wassers in seinem Schwimmbecken, was er als brillant bezeichnen musste. Die Chemikalien von einer Drohne abwerfen zu lassen war ein Geniestreich. Das Problem war, dass er es riechen konnte. Er installierte Maßnahmen gegen künftige Angriffsversuche und machte sich schließlich ernsthaft daran, die Hintermänner ausfindig zu machen – leider erfolglos. Wer auch immer die Leute anheuerte, tat dies unter dem Deckmantel der völligen Geheimhaltung. Es war sehr beeindruckend. Es brauchte tiefe Taschen und einen scharfen Verstand, um so diskret zu sein. Ein Mafioso würde über diese Art von Macht verfügen.

Aber hätte Sergeii seine Tochter in Gefahr gebracht? Sicher, die Gummigeschosse hätten sie nicht getötet, aber sie hätten wehgetan, ganz zu schweigen davon, dass Unfälle passieren könnten. Er fand es interessant festzustellen, dass der letzte Angriff eigentlich der am wenigsten gefährliche gewesen war. Die Explosion in seinem Poolhaus hätte sie ernsthaft verletzen können.

Wenn es nicht Natashas Vater war, wer sonst hätte dann einen Grund, ihn zu verfolgen? Immerhin war der Angriff auf Dean wie ein Angriff auf das Rudel.

Arik mochte in manchen Dingen leichtfertig sein, aber wenn es um die Sicherheit seiner Leute und die Pflege seiner Haare ging, machte er keine Abstriche.

Es wäre interessant zu sehen, ob die Angriffe aufhörten, jetzt, da Natasha involviert war. Oder müsste er sich mit ihrem Vater treffen, um das Spiel zu beenden?

So oder so musste es aufhören. Es war eine Sache, Dean zu drohen. Aber die Täter hatten definitiv eine Grenze überschritten, als sie Natasha hätten verletzen können.

Sie schafften es ohne Missgeschick bis zum Hotel, wo er ihr Zimmer bezahlte und dann mit einem Aufzug in den vorletzten Stock fuhr. Anstatt ihr gemeinsames Zimmer zu betreten, führte er Natasha an dieser Tür vorbei in das Treppenhaus.

»Warum gehen wir wieder runter?«

»Um unsere Spuren zu verwischen natürlich.«

Sie gingen die vielen Treppenstufen hinunter und durch einen Notausgang hinaus in eine Gasse.

»Wohin gehen wir?«, fragte sie, sah sich um und behielt alles genau im Auge. Wenigstens machte sie jetzt nicht »Oh« und »Ah« und gab vor, naiv zu sein.

»Du und ich werden irgendwo abseits der ausgetretenen Pfade wohnen. An einem Ort, den nur ich kenne.«

»Moment mal, warum sollten wir gehen, wenn du glaubst, dass sie das Hotel angreifen werden? Ich dachte, wir wollten sie schnappen?«, stellte sie fest und warf einen Blick zurück auf das große, luxuriöse Gebäude, dass sie hinter sich ließen.

»Wir werden sie auf jeden Fall erwischen, aber ich denke, wenn, dann sollte es zu unseren Bedingungen sein, und irgendwo, wo es weniger wahrscheinlich ist, dass jemand seine Handykamera zückt.« Er schlängelte sich mit ihr durch einige Gassen und in den meisten davon roch es nach Essen, was dafür sorgte, dass ihre Fährte verdeckt wurde, falls es nicht Menschen waren, die ihnen folgten.

Sie brauchten kein Taxi zu rufen, um an ihr Ziel zu gelangen. Es war nur ein fünfzehnminütiger Spaziergang zu einem Haus, dessen Fassade aus altem, gemörteltem Stein bestand und das zwischen anderen ähnlichen Gebäuden in einem älteren Teil der Stadt eingezwängt war. Die schwarz glänzend lackierte und mit Bronze verzierte Tastatur an der Tür piepte, als Dean den Code eingab, um sie zu entriegeln. Klick. Er schwang das dicke Paneel auf, bevor er sich umdrehte und sie in die Arme nahm.

»Was machst du da?«, rief sie aus.

»Ist es nicht Tradition, die frisch vermählte Braut über die Schwelle zu tragen?«

»Nur, wenn es sich um das eigene Zuhause handelt.«

»Aber wir haben noch kein gemeinsames Zuhause. Sollen wir bei mir wohnen? Oder bei dir? Obwohl ich in meinen Aufzeichnungen nachlesen kann, dass du mehr Zeit auf dem Anwesen deiner

Familie verbringst als in deiner Wohnung in Mailand.«

»Wir sollen zusammenwohnen?«, fragte sie und klang verwirrt.

»Das tun Verheiratete nun mal.«

Sie rümpfte die Nase. »Darüber habe ich noch nicht einmal nachgedacht.«

»Noch nicht mal mit Simon?« Er versuchte sein Bestes, um nicht verächtlich zu grinsen. Allein der Gedanke, dass sie vorgehabt hatte, ihn mit diesem Milchbubi zu ersetzen.

»Wir haben uns schon vorher darauf geeinigt, dass jeder sein Leben so weiterleben kann, wie er das möchte. Natürlich mit der Option, einander jederzeit zu besuchen. Wenn man vorher Bescheid sagt.«

»Hört sich weniger nach einer Ehe als nach einer geschäftlichen Vereinbarung an.«

»Die Ehe ist ein Geschäft. Eine geschäftliche Vereinbarung.«

Er schüttelte den Kopf. »Das kannst du nicht ernst meinen. Bei der Ehe sollte es um zwei Menschen gehen, die Zeit miteinander verbringen. Die zu besten Freunden werden. Zu Partnern. Und zu Geliebten.«

Natasha starrte ihn an. »Und wenn du das glaubst, warum hast du dann die Papiere nicht unterschrieben? Wir sind keins von den Dingen, die du genannt hast.«

»Sind wir das nicht?« Er sah sie fragend an. »Ich verbringe gern Zeit mit dir. Wir haben uns schon geliebt. Und jetzt schließen wir uns auch noch zusammen, um gemeinsam dieses Rätsel zu lösen.«

»Ich –« Sie runzelte die Stirn, bevor sie ein wenig eingeschnappt sagte: »Wir sind keine Freunde.«

»Wirklich nicht? Ich vertraue dir, dass du mir nicht in den Rücken schießt oder mich im Schlaf tötest.«

»Ich würde sagen, dass die Latte ziemlich tief liegt, wenn das deine Kriterien für wahre Freundschaft sind.«

Ihre Bemerkung brachte ihn zum Lachen. »Habe ich dir schon gesagt, wie sehr mir dein Sinn für Humor gefällt?«

»Es nennt sich Sarkasmus.«

»Und das kannst du wirklich gut.«

»Idiot.« Sie sagte es mit Wärme in der Stimme. Sie stieß ihn vor die Brust. »Du kannst mich jetzt absetzen.«

»Wenn du darauf bestehst.« Er setzte sie ab und machte die Tür zu, wobei er den Arm allerdings nicht von ihrer Taille nahm.

Sie legte den Kopf in den Nacken, um einen

Blick auf das Tonnengewölbe zu werfen. »Abgefahrene Wohnung.«

Die Wände waren eine Mischung aus Stein an der Vorderseite des Hauses, Ziegelstein im Inneren, mit Abschnitten, die mit handgeschliffenem Putz bedeckt waren. Eine dicke Holzverkleidung verbarg den Großteil der modernen elektrischen Leitungen, die durch den Raum verliefen. Die Fußböden, Steinplatten für diese Ebene, Holzdielen für die obere, waren mit einem dicken Teppich bedeckt, einem gewebten Muster mit viel Rot und Gold. Die Kunstwerke an den Wänden erwiesen sich als ebenso lebhaft und kontrastierten mit den dunkel gebeizten Möbeln: eine Couch mit flauschigen Kissen, ein paar tiefe Sessel, eine Essecke mit sechs Stühlen mit gerader Rückenlehne.

Er führte sie in den Wohnzimmerbereich und sagte: »Dieses Haus gehört einem Freund von mir.«

»Und das bedeutet, jemand weiß, dass wir hier sind.«

Er schüttelte den Kopf. »Mein Freund befindet sich momentan in Südamerika und wird dort auch die nächsten vier Wochen bleiben.«

»Und du weißt einfach nur zufällig, wie man hier ins Haus kommt?«

»Willst du dich wirklich beschweren, obwohl es uns gerade recht kommt?«

»Wie sieht es denn sicherheitsmäßig mit dem Haus aus?«

»So, dass wir schon im Voraus gewarnt werden, wenn jemand kommt. Es gibt auch in jedem Zimmer versteckte Waffen. Und ich werde dich nicht beleidigen, indem ich dir zeige, wo sie versteckt sind.« Er hatte schon bemerkt, wie sie den Blick hatte schweifen lassen, um alles um sie herum aufzunehmen.

»Dir ist aber schon klar, dass sie einfach bis heute Abend zur Junggesellinnenparty warten, wenn sie uns vorher nicht finden können.«

»Ich nehme an, dass sie hinter dir her sind. Allerdings werden wir es herausfinden, wenn wir uns heute Abend für unsere jeweiligen Partys trennen.«

»Machst du irgendwas in der Öffentlichkeit, um herauszufinden, ob du derjenige bist, hinter dem sie her sind?«

Er zog sie an sich. »Wenn ich mich so dreist in der Öffentlichkeit sehen lasse, wären sie dumm, es nicht zu versuchen.«

»Und du hast keine Verstärkung dabei?«

»Willst du damit etwa behaupten, ich könnte nicht selbst auf mich aufpassen?«

»Die letzten beiden Male, bei denen wir angegriffen wurden, habe ich dir den Hintern gerettet.«

»Weil er so süß ist, richtig?« Er griff nach ihrem Hintern und drückte zu.

»Ganz passabel.« Sie machte mit der Hand eine Geht-so-Geste.

»Baby, das verletzt mich.«

»Ich bin mir sicher, dass dein männliches Ego darüber hinwegkommen wird.« Sie drängte sich von ihm weg und begann, das gesamte Hauptgeschoss zu erkunden, schaute sogar durch die Hintertür hinaus, um den geschlossenen Innenhof zu überprüfen. »Wem gehört das Nachbarhaus, das an unsere Oase angrenzt?« Sie zeigte auf die Fenster, die einen Blick in ihren Garten hatten.

»Es gehört Menschen. Du kannst also nicht als Tigerin sonnenbaden.« Also, nackt schon, nur ohne Fell.

Nachdem sie ihre Neugierde befriedigt hatte, ging sie die Treppe hinauf. Sie durchsuchte jeden Raum gründlich, auch die Schränke, wobei sie ein scharfes Auge zeigte, als sie die Verstecke für die verschiedenen Pistolen und Messer ausfindig machte. Das über einen Meter lange Schwert mit seiner rasiermesserscharfen Schneide verbarg sich in aller Öffentlichkeit in einem Paar Klammern über dem Gästebett.

Natasha warf sich mit einem Seufzer auf die Matratze. »Nicht schlecht. Ich hoffe, niemand jagt uns in die Luft.«

Das hoffte Dean ebenfalls. Er klatschte die Hände zusammen und rieb sie aneinander. »Hast du Hunger? Ich hätte nämlich Lust auf frische Pasta.«

»Ich hätte schon Appetit.«

Er zog sein Hemd aus und spannte seine Muskeln ein wenig an, als er bemerkte, dass sie in seine Richtung sah.

Sie legte einen Arm unter den Kopf, die Augen halb geschlossen. »Warum bestellen wir uns nichts?«

»Ich weiß ja nicht, wie es dir geht, aber ich würde gern duschen, bevor ich irgendetwas anfasse.« Als Nächstes landete seine Hose auf dem Boden und sie ließ den Blick abwärts schweifen. »Möchtest du mit mir unter die Dusche kommen?« Er betrat das Badezimmer, einen gleichzeitig modernen und alten Raum, in dem der Toilettenwassertank hoch oben an der Wand verschraubt war und an dem eine Schnur baumelte. Darüber befand sich ein weiterer Kanister für den elektrischen Wassererhitzer.

Die Dusche sprudelte und spuckte dann erst mal kaltes Wasser aus. Er hielt seine Hand unter die

Brause, bis das Wasser warm wurde. Er hob sein Gesicht zum Wasser und bewegte sich nicht sofort, als sie sich zu ihm gesellte, ihr nackter Körper an seinen Rücken gepresst.

Meins. Besitzergreifend, und doch konnte er nicht anders. Wie konnte sie nicht sehen, dass sie perfekt füreinander waren?

Er zog sie zu sich heran, um sie unter dem heißen Strahl der Dusche ausgiebig zu küssen. Sie keuchten und hatten viel schlüpfrigen Spaß, während sie sich gegenseitig einseiften. Als er sie mit dem Gesicht wegdrehte, stemmte sie ihre Hände an die Fliesenwand und streckte ihm den Hintern entgegen. Sie stöhnte, als er langsam von hinten in sie eindrang.

Er wollte jeden Zentimeter ihrer engen Muschi spüren. Sie stöhnte, als ihre erhitzte Haut vor Verlangen um ihn herum pulsierte. Sie wackelte mit den Hüften und drängte ihn tiefer in sich. Und dann neckte sie ihn.

»Willst du den ganzen Tag nur rumstehen oder willst du, dass ich komme?«

Er würde sie schon zum Orgasmus bringen. Er würde sie so hart und intensiv zum Orgasmus bringen, dass sie danach nicht mehr geradeaus gehen konnte.

Rein. Und wieder raus. Er begann, sie zu stoßen, und glitt in ihre einladende Muschi hinein und wieder hinaus. Er hielt sie an den Hüften fest und stieß sie immer und immer wieder, wobei er fühlte, wie sie sich um ihn herum zusammenzog. Er hörte es an der Art und Weise, wie ihr Atem immer schneller und abgehackter wurde.

Als er fühlte, dass er selbst kurz davor stand, zum Orgasmus zu kommen, griff er nach ihrer Klitoris und rieb sie. Er ließ seinen Finger auf der kleinen Lustknospe kreisen, während er sie weiter stieß. Als sie diesmal zum Orgasmus kam, konnte sie so laut schreien, wie sie wollte.

Er schwelgte in ihrer Lust und fühlte, wie sich sein eigener Körper als Antwort zusammenzog. Als sie zu ihrem zweiten Orgasmus kam, schloss er sich ihr an. Er fickte sie gut und hart und knurrte: »Meins.«

Als sie beide aufhörten zu zittern, drehte er sie in seinem Arm um und hielt sie einfach nur fest.

Er hätte sie für immer halten können, wenn ihr Magen nicht geknurrt hätte und sie gemurrt hätte: »Da bin ich schon mit einem Koch verheiratet und muss trotzdem hungern.«

Er lachte laut. »Es tut mir so leid, liebe Frau.

Lass es mich richten.« Er trat aus der Dusche, trocknete sich ab und ging die Treppe hinunter.

Sie rief ihm nach: »Warte, hast du nicht etwas vergessen?«

Er sah sich zu ihr um. »Ich habe alles, was ich brauche, in der Küche.«

»Und wie wäre es mit einer Hose?« Sie zeigte darauf.

Er lächelte. »Ich koche lieber nackt. Wenn du zusehen möchtest, komm doch auch in die Küche.«

Zu seiner Freude kam sie ganz ohne Kleider herunter, und zum ersten Mal, seit er zu kochen begonnen hatte, verbrannte er etwas. Aber es hatte sich gelohnt, da sie voller Vorfreude und leicht gerötet auf der Küchentheke wartete.

Da er es kaum geschafft hatte, eine einzige Mahlzeit zuzubereiten, und diese dann auch noch ruiniert hatte, bestellten sie schließlich doch etwas. Und danach, als sie volle Bäuche hatten, klingelte ihr Telefon und ihr verging das Lächeln.

»Was ist denn?«, fragte er, bereit, über den Tisch zu springen und durch das Telefon hindurch die Person zu töten, die dafür verantwortlich war, dass sie ihren glücklichen Gesichtsausdruck verloren hatte.

»Simon.«

»Ah.« Er sagte nichts, sondern nahm nur die Serviette von seinem Schoß und faltete sie, bevor er sie auf den Tisch legte.

»Ich sollte rangehen.«

Sie nahm das Gespräch draußen auf dem Balkon an und er widerstand dem Drang zu lauschen. Als sie wiederkam, wirkte sie nachdenklich.

»Alles in Ordnung?«, fragte er.

»Ich glaube schon. Ich habe Simon gesagt, dass ich die Verlobung lösen möchte.«

»Wie hat er es aufgenommen?« Denn er wusste, wie er selbst reagieren würde, und für das Resultat würde er einen Anwalt und Kaution benötigen.

»Höflich. Er hat mir gesagt, dass er verstehen würde, in was für einer schwierigen Lage ich mich befinde, und dass er es mutig von mir findet, dass ich es ihm direkt gestanden habe, und dass er uns alles Gute zu unserer Hochzeit wünscht.«

»Das ist doch gut.«

Sie verzog das Gesicht. »Ich glaube, er lügt.«

»Glaubst du? Vielleicht war er von dieser ganzen Hochzeit auch nicht so überzeugt und du hast ihm den Ausweg geboten, den er brauchte.«

»Ich weiß nicht recht.« Sie sah ihr Handy skeptisch an.

»Was sagt dein Bauchgefühl?«

»Dass er schon erwartet hatte, dass ich die Verlobung lösen würde. Er schien nicht im Geringsten überrascht zu sein. Wir haben nicht darüber gestritten.«

»Möchtest du, dass ich ihm einen Besuch abstatte? Herausfinde, ob er ein Geheimnis hat?«

Sein Angebot erschreckte sie. »Nein. Natürlich nicht. Er wohnt nicht mal in der Nähe.«

»Falls du es dir doch noch anders überlegst ...«

Sie schüttelte den Kopf. »Wahrscheinlich bilde ich es mir sowieso nur ein.«

Dennoch erwies sich ihre Sorge als ansteckend und kein Sex der Welt – im Bett, auf dem Küchentisch oder in der Dusche – ließ sie verschwinden. Obwohl er sich jedes Mal, wenn er in ihren Körper sank, selbst verlor.

Er war bereit, seine Zuneigung in die Welt hinauszubrüllen, ihr den Knutschfleck aller Knutschflecke zu verpassen.

Sie blieb jedoch überzeugt, dass es nach ihrem Aufenthalt in Italien alles zu einem jähen Ende kommen würde, sobald sie nach Russland weiterzogen, um sich mit ihrer Familie zu treffen.

Das könnte der Grund dafür sein, dass er sie extraheftig küsste, als das Taxi an dem Klub ankam, in dem sie ihre Junggesellinnenparty feiern würde.

»Lass es ohne mich nicht zu sehr krachen, Baby«, hauchte er an ihren Lippen.

»Versuche, am Leben zu bleiben«, lautete ihre Antwort, als sie ausstieg.

Er hatte vor, eine lange Zeit zu leben. Gemeinsam mit seiner Frau. Er beugte sich vor und sagte zum Taxifahrer: »Bringen Sie mich nach –«

Die Türen zu beiden Seiten des Wagens öffneten sich und Leute stiegen ein, gerade als der Fahrer sich auf dem Sitz umdrehte, ihn ansah und lächelte.

»Überraschung!«

Kapitel Elf

Als sie den Klub betrat, musste sie zugeben, überrascht zu sein, dass Neville sie nicht hinein begleitete. In vielerlei Hinsicht benahm er sich ein wenig zu beschützerisch. Und trotzdem kam er jetzt nicht mit hinein, um sich davon zu überzeugen, dass dort keine Gefahren lauerten?

Und als sie das geknurrte: »Also, wenn das nicht die gestreifte Kuh ist, die unseren lieben Neffen vernascht hat«, hörte, wusste sie auch warum. Ihm war klar gewesen, dass seine Tanten schon hier sein würden.

Sie würde ihn auf jeden Fall umbringen.

Natasha drehte sich um und lächelte Tante Marni an. »Du solltest aufhören, dich so eifersüchtig zu benehmen. Diese Art von *Liebe*«, und ja, sie machte mit den Fingern Anführungszeichen in die Luft, »ist in Italien verboten.«

Marni schürzte die Lippen. »Du bist ja ziemlich frech.«

»Damit meinst du wohl, dass ich mir nicht alles gefallen lasse.«

»Er hätte es auch schlimmer erwischen können«, erklärte Tante Loretta von der anderen Seite des Zimmers aus. »Immerhin ist sie eine Prinzessin.«

»Habt ihr beide vergessen, wer ihr Vater ist?«, mischte Tante Kari sich ein.

»Das habe ich nicht. Ich frage mich, ob er weiß, wo ich günstig italienischen Wein herbekomme«, wunderte Marni sich laut.

»Wein. Zigarren. Verbotene Jagden. Wir haben viele Zweige und sind immer offen für neue Projekte.«

»Wie zum Beispiel?« Die Löwinnen sahen sie alle an. In vielerlei Hinsicht erinnerten sie Natasha an ihre eigene Verwandtschaft. Verschlagen, hart und familienorientiert.

»Zum Beispiel Haarprodukte. Jetzt werden sie gerade von Preisbeschränkungen niedergemacht. Diese gierige Regierung«, erklärte sie. »Stellt euch vor, ihr müsstet diese ärgerlichen neuen Regelungen nicht einhalten.«

Die Frauen lächelten und zeigten dabei viel zu viele Zähne, und Marni legte ihr einen Arm um die Schulter. »Ich glaube, wir werden uns gut verstehen.«

»Obwohl ich eine gestreifte Kuh bin?«

»Das ist ein Kompliment«, erklärte Loretta. »Es bedeutet, du hast gebärfreudige Hüften.«

Das war schließlich das Richtige, um sie zum Schweigen zu bringen. Sie und Neville sollten ein Baby bekommen? Sie konnte sich kaum vorstellen, was vielleicht der Grund dafür sein könnte, dass sie viel mehr trank, als sie sollte.

Aber sie war unter Freunden. Sie hatte nicht nur die drei Tanten, die auf sie aufpassten, sie hatten auch einige der berühmten Schlampen mitgebracht, darunter Melly, Luna und Stacey. Außerdem tauchten Natashas eigene Freundinnen auf, zumindest eine Handvoll mit Ana, ihrer Tänzerfreundin, deren Blut so verdünnt war, dass sie nur die katzenhafte Anmut geerbt hatte. Dann waren da noch ihre Cousinen Sasha und Pietra. Und zwei weitere Freundinnen aus der Schule, Bianka und Kloey.

Alle gemeinsam tranken sie eine lächerlich große Menge Alkohol, traumatisierten die Stripper, da keine von ihnen wirklich schüchtern war, und tanzten.

Es sei angemerkt, dass keine von ihnen jemals wirklich betrunken war. Von den verwässerten Versionen alkoholischer Getränke, die in solchen Lokalen verkauft wurden, wurden sie nicht mal angeheitert. Nicht dass es darauf ankäme. Niemand griff sie an.

Sie blieben, bis der Klub zumachte, und dann begleiteten die Tanten sie in ihr Versteck, das beleuchtet und voller Fremder war.

Okay, nicht nur Fremde. Sie erkannte Lawrence, als er sich von dem Laptop aus umdrehte, an dem ein Typ am Küchentisch arbeitete.

»Was ist hier los?«, wollte sie wissen. »Und wo ist Neville?« Denn als sie sich umsah, konnte sie seinen gestreiften Haarschopf nirgendwo sehen.

»Wer ist Neville?«, fragte jemand und duckte sich dann unter ihrem Blick.

»Es könnte sein, dass wir deinen Ehemann verloren haben ...«, begann Lawrence und kam auf sie zu, die Hände als Entschuldigung ausgestreckt.

Sie brauchte nichts zu sagen, denn eine der Tanten von Neville trat vor. »Wie bitte? Hast du da gerade behauptet, du hättest meinen Neffen verloren?«, fragte Tante Marni leise.

»Also, eigentlich nicht verloren. So wie es aussieht, wurde er entführt.«

»Wie bitte?« Marni packte Lawrence am Schlafittchen, was ziemlich eindrucksvoll war, da er viel größer und breiter war als sie.

Das fiel auch den anderen Männern im Zimmer auf und niemand kam, um ihm zu helfen, wahrscheinlich weil Loretta und Kari die anderen böse anstarrten, sodass sie es nicht wagten, sich zu bewegen.

Natasha fing wirklich an, die Frauen zu mögen.

Sie trat näher an Lawrence heran, ein Messer in der Hand. »Vielleicht möchtest du mir erklären, und zwar schnell, wie du meinen Ehemann verlieren konntest. Und zwar, bevor jemand verletzt wird.«

»Als wir hörten, was los war, flogen ein paar von uns hierher, um mit ihm seinen Junggesellenabschied zu feiern.«

»Ohne ihn vorzuwarnen?«, fragte sie.

»Es sollte eine Überraschung werden«, erklärte Lawrence. »Jeoff hier drüben trug ein wenig Aftershave, um seine Fährte zu überdecken, und auch eine Perücke und einen Hut, sodass man ihn nicht erkennen konnte.« Ein Mann mit kurzem, braunem Haar winkte. Man musste mehr als ein Mal hinsehen, um ihn als ihren Fahrer von vorhin zu erkennen.

»Nur gut, dass er abgelenkt war, sonst hätte es

niemals funktioniert«, erklärte Jeoff. »Du hättest sein Gesicht sehen sollen, als ich mich auf dem Fahrersitz umgedreht habe.«

Lawrence übernahm das Gespräch wieder. »Wir haben ihm gesagt, wir würden ihn entführen und haben ihn in eine Kneipe gebracht.«

»Gab es dort Stripperinnen?«, erriet sie.

»Wir wollten authentisch bleiben.« Lawrence zuckte mit den Achseln und Marni seufzte und ließ ihn wieder runter.

»Er ist nicht geblieben, oder?«, mutmaßte seine Tante.

»Nein. In dem Moment, in dem er ein paar nackte Titten sah, ist er abgehauen, als wäre der Teufel hinter ihm her.«

»Titten jagen ihm keine Angst ein«, bemerkte Natasha und errötete dann, als alle sie ansahen. Sie reckte trotzig das Kinn vor. »Ich bin sicher, es gab einen anderen Grund.«

Schließlich war es seine Tante Loretta, die den wahren Grund verriet. »Seine Mutter hat als Stripperin gearbeitet. So hat unser Bruder Manifred sie kennengelernt.«

»Und jetzt muss er beim Anblick von Stripperinnen immer an seine Mutter denken«, schloss sie.

»Und wohin ist er gegangen und warum ist ihm niemand gefolgt?«

»Wir sind ihm gefolgt. Wir sind in einen Billardladen gegangen und haben ein paar Runden gespielt. Nach ein paar Spielen ging er auf die Toilette.«

»Alleine?«, wollte sie wissen.

Lawrence schüttelte den Kopf. »Ich war dabei. Aber ich wurde abgelenkt.«

»Was bedeutet, jemand hat mit den Titten vor ihm gewackelt«, murmelte der Mann, der gerade mit einer Schüssel Chips aus der Küche kam.

»Und jetzt ist mein Mann verschwunden.« Sie stemmte die Hände in die Hüften. »Das kann nicht sein. Wir müssen ihn finden. Sofort.«

»Falls es dich beruhigt, wir glauben nicht, dass er entführt wurde.«

»Du hast doch gerade gesagt, du glaubst, er sei entführt worden.« Sie seufzte. »Warum sollte er sich davonschleichen ...« Sie schloss den Mund. »Er hat sich mit jemandem getroffen.«

»Mit wem?«

Angesichts seines plötzlichen Beharrens darauf, Dinge traditionell zu tun, hatte sie einen heimlichen Verdacht.

Sie beäugte ihr Smartphone und wählte einen

Moment später eine Nummer. Nach dreimal klingeln nahm jemand ab.

»Tasha, meine Tochter. Wie war dein Junggesellinnenabschied?«

»Gut, Papa. Hast du ihn?«

»Wen soll ich haben?«, fragte er ein wenig zu schnell.

»Hast du meinen Ehemann?«

»Sei nicht verrückt, Tasha. Wie kann ich deinen Ehemann haben, wenn du erst nächste Woche heiratest? Oder sprichst du etwa von deinem *anderen* Ehemann? Dem, von dem du mir nichts gesagt hast?«

Ihr wurde das Herz schwer. »Ich hatte vor, es dir zu erklären.«

»Das musst du nicht. Ich weiß bereits alles. Mach dir keine Sorgen, ich habe mit Simon gesprochen und wir haben das Missverständnis zwischen euch beiden geklärt.«

»Du hast was? Ich habe schon mit ihm gesprochen. Er hatte nichts dagegen, die Hochzeit abzusagen.«

»Aber nur, weil er dachte, du seist bereits verheiratet. Ein Problem, das ich in Kürze aus der Welt schaffen werde.«

»Papa.« Sie sagte es mit warnender Stimme. »Wage ja nicht, meinen Ehemann zu verletzen.«

Anstatt ihr zu antworten, legte ihr Vater, das Oberhaupt der russischen Tigermafia, auf. Sie warf ihr Telefon so hart gegen die Wand, dass es zersprang.

»Schlechte Neuigkeiten?«, fragte Lawrence vorsichtig nach.

»Mein Vater hat Neville.«

Und er hatte so gut wie zugegeben, dass er vorhatte, ihn zu töten.

Kapitel Zwölf

An eine Wand gefesselt aufzuwachen war nicht Deans Vorstellung von Spaß. Vor allem, weil dabei auch ein Eimer mit eiskaltem Wasser zum Einsatz kam und jemand knurrte: »Hör auf, mich zu ignorieren, Tiger!«

»Eigentlich bin ich ein Töwe«, knurrte er und erholte sich so weit, dass er sich umsehen konnte. Altes Gemäuer, niedrige Decken, nackte Glühbirnen. Er schien in einem Keller zu sein und der Mann vor ihm, der einen dicken Pullover trug, mit grauen Haaren und einem unglaublich wütenden Blick, konnte nur eine Person sein. »Sie müssen Natashas Vater sein. Ich würde Ihnen die Hand schütteln, doch im Moment bin ich leider gebunden.« Er kam sich auch ein wenig dumm vor. Als er seinen Plan ausgeheckt hatte, wahrscheinlich, während sein Gehirn noch nicht durchblutet war, fand er ihn brillant. Natashas Vater zu kontaktieren und reinen Tisch wegen ihrer Ehe zu machen, damit er den Segen des Mannes erhalten und Natashas Ängste endlich aus der Welt schaffen konnte.

Das war sein Plan, als er die Kneipe verließ, ohne ein Wort zu seinen Freunden zu sagen, aber er passte nicht gut genug auf. Und das führte dazu, dass er in dieser Nacht zum zweiten Mal entführt wurde. Aber das Positive daran war, dass er nun statt eines Telefongesprächs mit seinem Schwiegervater persönlich sprechen konnte.

»An deiner Stelle wäre ich nicht so arrogant, Halbblut. Du wirst für das bezahlen, was du getan hast.«

»Das erscheint mir ein wenig einseitig, finden Sie nicht auch? Ich verstehe ja, dass ich nicht der Schwiegersohn bin, den Sie sich gewünscht haben, aber –«

»Es gibt kein Aber. Du hast meine Tochter unter Vorspiegelung falscher Tatsachen geheiratet.«

»Meinen Sie nicht, dass sie *mich* unter Vorspiegelung falscher Tatsachen geheiratet hat?« Die Gefahr war ihm egal. Er konnte nicht umhin, den Mann zu reizen.

»Wie dem auch sei, ich habe euch nicht meinen Segen gegeben.«

»Bei allem gebührenden Respekt, Sir, ich denke nicht, dass es Sie etwas angeht, wen sie heiratet.«

Tigranov sah Dean von oben herab an, was ziemlich eindrucksvoll war, da er viel kleiner war als dieser. »Ich bin aber ihr Vater.«

»Und ein Mann, der seine Tochter ganz offensichtlich respektiert. Warum sonst hätten Sie dafür sorgen sollen, dass sie sich so gut verteidigen kann? Warum sonst hätten Sie ihr eine fantastische Ausbildung und eine Machtposition in Ihrem Imperium zukommen lassen sollen? Diese Art von Vater sagt seiner ganz offensichtlich ausgesprochen fähigen Tochter nicht, mit wem sie den Rest ihres Lebens verbringen muss.«

Der ältere Mann kniff die Augen zu Schlitzen zusammen. »Sie ist eine Tigranov, und das heißt, wir müssen unsere Blutlinie erhalten.«

»Aber sie sollte auch nicht in der Entwicklung stehen bleiben. Wenn man seine Cousinen und Cousins heiratet, selbst wenn sie nur entfernt verwandt sind, endet das niemals gut«, sagte er und erinnerte Tigranov damit an einen unglücklichen Selbstmord in seiner Familie. Dean hatte seine Hausaufgaben gemacht.

»Du wagst es, mich zu beleidigen?« Der wütende Mann sträubte sich und Hinweise auf seinen Tiger kamen zum Vorschein. Nicht weil er die Kontrolle verlor, sondern weil er seine innere Bestie gut im Griff hatte. Es erforderte Geschick, nur Teile des Körpers zu verwandeln. In diesem Fall entschied Tigranov sich dafür, mit scharfen Zähnen und Klauen und ein paar Schnurrhaaren zu drohen.

»Können Sie nicht mit der Wahrheit umgehen?« Er zog eine Augenbraue hoch.

»Du freches Halbblut. Ich werde dich erschießen lassen und mir deinen Kopf als Trophäe an die Wand hängen.«

»Und was dann? Dann zwingen Sie Ihre Tochter dazu, den langweiligen Simon zu heiraten?«

»Simon oder jemand anderen. Es ist mir egal, wen sie heiratet, solange du es nicht bist.« Tigranov zog die Augenbrauen zusammen und knurrte.

Dean ließ sich nicht beeindrucken. »Natasha braucht die Hand eines Stärkeren an ihrer Seite. Und wir wissen doch beide, dass das nicht Simon ist. Sie wird ihn aufs Abstellgleis schieben und sich fragen, warum sie so unglücklich ist. Sie braucht einen Mann. Und zwar einen richtigen, der sie fordert und unterstützt.«

»Und warum glaubst du, dass du das sein könntest?«

»Weil sie mir gehört.« Es war wahrscheinlich ein wenig zu besitzergreifend, das ihrem Vater zu sagen.

»Und hat Natasha dem zugestimmt?«

»Noch nicht, weil sie davon überzeugt ist, dass Sie mich umbringen werden.«

»Und mit dieser Einschätzung hat sie recht«, stellte Tigranov fest und legte die Hände auf den Rücken. Allerdings gab es mit dieser Behauptung ein Problem. Wollte der Mafiaboss ihn nämlich tot sehen, läge er schon längst irgendwo am Grund eines Sees.

»Es ist allerdings nicht in Ihrem Interesse, mich loszuwerden.«

»Du drohst mir?« Diesmal war es an Tigranov, Überraschung zu heucheln.

»Sie sind ein schlauer Mann. Das müssen Sie auch sein, um das Imperium zu regieren, das Sie sich geschaffen haben. Sie wissen, welche Art von Spannungen mein Tod innerhalb des Rudels verursachen würde. Sie sind sich auch nicht sicher, wie Natasha reagieren würde.«

Ihr Vater wurde nachdenklich. »Es gibt sicher einen Grund dafür, warum sie dich nicht umgebracht hat.« Und das bedeutete, dass Tigranov sich zurückhalten musste, um seine Tochter nicht zu verärgern.

»Wie wäre es, wenn wir uns verbünden, anstatt einander zu bekämpfen?«

»Eine Vereinbarung?« Tigranov sah ihn etwas weniger wütend an. »Und was würdest du an den Verhandlungstisch bringen? Du hast nicht unbedingt eine hohe Position in deinem Rudel inne.«

»Aber ich stehe dem König nahe und habe viele Freunde.«

»Eine Allianz mit Simon verschafft mir Zugang zur Arktis.«

»Ich habe auch Verbindungen, die Ihnen dabei helfen könnten. Sie könnten mich auch als Verbindungsmann zwischen Ihrem Tigerrudel und den Löwen sehen. Stellen Sie sich nur vor, was eine Allianz mit dem Rudel für Ihre Familie bedeuten könnte.«

»Wir brauchen keine räudigen Katzen, um uns zu helfen.«

»Nein, Sie kommen gut alleine zurecht. Aber denken Sie bei Verhandlungen an den Druck, den Sie ausüben könnten, wenn bekannt wäre, dass die beiden Gruppen miteinander verbündet sind.«

»Es ist alles schön und gut, dass du verhandeln würdest, aber woher weiß ich, dass der König zustimmen wird? Und wenn er es nicht tut? Was dann?«

»Würde es helfen, wenn ich sage, dass ich eine Mehrheitsbeteiligung an einem Ahornsirupunternehmen besitze?«

»Ahornsirup aus Quebec?«

Er schnaubte. »Als gäbe es anderen.«

»Ein Hochzeitsgeschenk für meine Tochter«, erklärte Tigranov.

»Das unsere Kinder einmal erben, und falls wir keine Kinder haben, an das Rudel zurückgeht.«

Er lachte leise, als er die folgenden Worte sagte: »Vertraust du uns etwa nicht?«

»Es ist nichts gegen ein bisschen Sicherheit einzuwenden, um dafür zu sorgen, dass Sie mich nicht sofort umbringen, nachdem ich die Papiere unterzeichnet habe.«

Tigranov sah ihn noch immer misstrauisch an. »Natasha könnte eines Tages das Familienimperium übernehmen.«

»Umso wichtiger wäre es, jemanden Neutrales an ihrer Seite zu wissen, der auf sie aufpasst.«

Daraufhin musste der Mafiaboss noch mehr lachen. »Inwiefern denn neutral? Du arbeitest für das Rudel.«

»In dem Moment, in dem ich den Jet mit ihr

bestiegen habe, habe ich gekündigt. Seit heute Morgen sucht jemand nach einem Haus für Natasha und mich. Ein Haus in Russland, das mit dem Auto von Ihnen aus leicht zu erreichen ist, und ein zweites Haus irgendwo in Italien. Vielleicht am Meer.«

»Du schmiedest ja alle möglichen Pläne, als würdest du davon ausgehen, dass du weiterlebst.«

Dean beugte sich vor, und diesmal war er es, der lächelte. »Ich habe vor, noch sehr lange zu leben.«

»Wenn ich das zulasse. Aber woher soll ich wissen, dass du gut genug bist für meine Tochter?«

»Weil ich jeden auslöschen werde, der ihr Böses will.« Er sagte es kalt und fest.

Bevor Tigranov eine Antwort geben konnte, schlug die Kellertür auf und jemand sprang mit rasender Geschwindigkeit die letzten paar Stufen hinunter. Natasha schlug mit leicht gebeugten Knien und einer Waffe in einer Hand auf dem Boden auf. Das Messer in der anderen Hand flog, die Klinge davon verfehlte Tigranov nur knapp.

Er starrte seine Tochter an. »Du hättest mich fast getötet!«

»Betrachte es als Warnung, das nächste Mal ziele ich nicht vorbei.« Plötzlich hielt sie ein weiteres Messer in der Hand.

Der große, böse Mafiaboss hielt beschwichtigend

seine Handflächen hoch. »Tasha, meine *Zolotse*, beruhige dich.«

»Sag mir nicht, dass ich mich beruhigen soll«, fauchte sie. »Was machst du da mit *meinem* Ehemann?«

Dean freute sich über die besitzergreifende Art, auf die sie es sagte. Er wünschte sich nur Popcorn, da er den Eindruck hatte, dass er einen epischen Kampf erleben würde.

»*Ehemann?* Sieh mal einer an. Möchtest du mir vielleicht irgendetwas erzählen? Mir vielleicht erklären, warum du mich angelogen hast?« Tigranov warf sich in die Brust.

»Ich hätte es dir schon irgendwann gesagt.«

»Aber nicht schnell genug«, fuhr ihr Vater sie an.

»Das gibt dir noch längst nicht das Recht, Neville zu entführen.«

»Eigentlich hat er mich nicht entführt, Baby«, warf Dean ein. »Dein Vater wollte sich nur unterhalten.«

Ihre Augen leuchteten goldgrün, als sie ihn wütend anstarrte. »Er hat dich an die Wand gefesselt.«

»Nur ein kleiner Scherz, um mich in der Familie willkommen zu heißen«, versuchte Dean ihr zu erklären.

Ihr Vater spielte mit. »Nichts Niederträchtiges. Ich teste nur seinen Elan.«

»Sein Elan geht dich nichts an.«

Das machte ihren Vater wütend genug, sodass er sich noch weiter aufplusterte. »Es geht mich sehr wohl etwas an, da du ihn ohne meine Zustimmung geheiratet und das Ganze dann vor der Familie geheim gehalten hast«, rief Tigranov.

»Ich wollte die Ehre meiner Cousine verteidigen und habe ihn aus Versehen geheiratet. Als ich es herausgefunden habe, wollte ich es eigentlich sofort wieder richtigstellen.«

»Das wollte sie wirklich«, gab Dean zu. »Sie kam zu mir und drohte mir, dass ich mich entweder von ihr scheiden lasse oder sie würde mich umbringen.«

»Und trotzdem bist du noch am Leben. Bist du vielleicht weich geworden?«, fragte Tigranov und wandte sich von Dean an Natasha.

»Ich dachte, dass er lebendig nützlicher ist.«

»Nützlich, von wegen. Weißt du eigentlich, wie einfach es war, ihn abzufangen?«

»Und wie viele Leute hast du geschickt?« Sie zog eine Augenbraue hoch, als sie sich ihm näherte. »Zwei Schläger? Oder drei?«

»Tatsächlich waren es sechs«, erklärte Dean

stolz. »Aber ich habe sie nicht fertiggemacht, weil ich unbedingt deinen Vater treffen wollte.«

»Ohne mich?«, fuhr sie ihn an und stolzierte auf ihn zu, bis sie direkt vor ihm zum Stehen kam. Sie wedelte mit einem Messer vor seiner Nase herum. »Ich habe dir doch gesagt, dass er versuchen würde, dich zu töten.«

»Nur gut, dass du mich so sehr liebst, dass du gekommen bist, um mich zu retten.« Und er zwinkerte ihr zu.

»Niemand hat jemals etwas von Liebe gesagt«, murmelte sie.

»Aber sieh dich doch nur mal an, wie du dir Sorgen um mich machst.«

»Ich mache mir keine Sorgen. Ich bin verärgert. Über euch beide.« Sie wirbelte herum. »Wie kannst du es wagen, dich einzumischen?«

»Ich hätte mich nicht einmischen müssen, wenn du mir die Wahrheit gesagt hättest«, entgegnete Tigranov.

»Da wir gerade dabei sind, waren Sie derjenige, der uns die Attentäter auf den Hals gehetzt hat?«

»Was?« Ihr Vater blinzelte. »Jemand hat versucht, euch zu töten?«

»Ich glaube nicht, dass sie vorhatten, uns zu töten, wenn man bedenkt, wie schlecht diese

Angriffe waren«, entgegnete sie. »Hast du sie geschickt?«

Ihr Vater erstarrte. »Also erstens, meine Aufträge, jemanden zu eliminieren, scheitern nie. Und zweitens würde ich dir niemals auch nur ein Haar krümmen. Ich bin empört, dass du so was überhaupt denken kannst.«

»Und was ist mit meinem Kopf?«, fragte Dean. »Denn die Angriffe begannen einen Monat nach der Hochzeit.«

»Moment mal, was?« Sie wirbelte herum. »Willst du damit etwa behaupten, dass der Angriff auf dein Haus nicht der erste war?«

»Ich wollte nicht, dass du dir Sorgen machst.«

Sie biss die Zähne zusammen und sah ihren Vater wütend an. »Möchtest du das vielleicht erklären?«

»Ich habe diese Angriffe nicht in Auftrag gegeben«, erklärte ihr Vater. »Ich wusste nicht einmal etwas von dem Halbblut, bis ich die Nachricht sah.«

»Welche Nachricht?« Mit einem freundlichen Gesichtsausdruck fragte Natasha leise und mit tödlicher Präzision: »Hast du etwa meine private Post gelesen?«

»Also, äh ...«

Falsche Antwort.

Dean kam dem Mafiaboss zu Hilfe. »Ein Mann in seiner Position kann nicht vorsichtig genug sein. Seine Feinde könnten dich vielleicht benutzen, um an ihn heranzukommen.«

Tigranov sah ihn dankbar an.

»Ich weiß sehr wohl, wozu seine Feinde in der Lage sind. Schließlich bin ich normalerweise diejenige, die sich um sie kümmert.« Natasha biss noch immer die Zähne zusammen.

»Kannst du es mir denn zum Vorwurf machen, dass ich neugierig war? Schließlich hast du Post aus dem Territorium des Rudels erhalten. Ich habe mich gefragt warum.«

»Und dann hast du Pläne geschmiedet, um dich in mein Leben einzumischen.«

»Ich wollte nur meinen neuen Schwiegersohn kennenlernen«, erklärte ihr Vater und breitete in einer beschwichtigen Geste die Hände aus.

»Mein Ehemann ist an die Wand eines Kellerverlieses gefesselt.« Sie verschränkte die Arme.

»Es ist kein Verlies. Wir machen doch nur Spaß. Ha, ha.« Ihr Vater schlitzte die Fesseln durch, mit denen Deans Handgelenke an der Wand festgebunden waren. Ihr Ehemann trat heraus und schenkte ihr ein Lächeln.

»Du hast dir umsonst Sorgen gemacht. Dein Vater und ich sind bereits zu Freunden geworden.«

»Du sagst das nur, um dich auf seine gute Seite zu stellen, weil er weiß, dass er in Schwierigkeiten steckt.« Sie sah ihren Vater durchdringend an.

»Beruhige dich doch, *Zolotse*.«

»Fang gar nicht erst an. Schluss mit dem Spielchen. Ich möchte dich sagen hören, dass du Neville als meinen Ehemann akzeptierst.«

»Wenn es allein von mir abhinge, dann ... ja«, erklärte ihr Vater, doch Dean konnte das *Aber* schon hören.

»Wen müssen wir sonst noch überzeugen?«, fragte er.

Natasha stöhnte. »Meine Babuschka.«

Kapitel Dreizehn

Neville versuchte, auf der letzten Etappe der Reise zu ihrer Familie ihre Hand zu halten. Das linderte die Beklemmung nicht. Sie hatte nicht erwartet, dass er ihren Vater überleben würde. Der Zar war nicht für sein Wohlwollen bekannt.

Sie war in das Haus gegangen in der Erwartung, Blut und vielleicht eine Leiche zu finden. Stattdessen taten sich zwei der nervigsten Männer in ihrem Leben zusammen.

Aber das würde in der kommenden Schlacht nicht helfen. Ihre Babuschka war diejenige, der sie ein Versprechen gegeben hatte. Ihr wäre es egal, wenn Natasha unpraktischerweise mit jemand anderem verheiratet wäre.

»Es wird schon gut gehen«, murmelte er und rieb mit dem Daumen über ihren Handrücken.

»Du kennst meine Babuschka nicht.«

»Deinen Vater habe ich ja auch überzeugen können.«

»Im Vergleich zu ihr ist er ein Schmusekätzchen.« Sie blieb mit hängenden Schultern sitzen, nervöser, als sie es sich vorgestellt hatte.

Sie liebte ihre Babuschka. Sie war ziemlich sicher, dass sie Neville liebte. Was würde passieren, wenn sie wählen müsste?

Familie oder ihre Zukunft? Dazu würde es hoffentlich nicht kommen.

Ihr Wagen mit den getönten Scheiben hatte vorne und hinten ein Gefolge, denn Nevilles Tanten hatten erklärt, dass sie ihn nicht schutzlos auf russisches Territorium lassen würden. Was wiederum ihren Vater beleidigte, wodurch er für noch mehr Sicherheitsmaßnahmen sorgte.

Sie wirkten königlicher als die Könige selbst. Ihr Vater mochte in der Tigerwelt ein Zar sein, aber in der menschlichen Welt war er nur ein wohlhabender Geschäftsmann.

Sie achtete nicht besonders darauf, als sie durch die schmiedeeisernen Tore das Familiengrundstück betraten. Ein großes Haus, das sich über mehrere Stockwerke und Flügel erstreckte. In vielerlei Hinsicht eher ein Schloss.

Beim Eintreten nahmen die Diener ihre Mäntel entgegen und boten ihnen ein warmes, feuchtes Tuch an, um Hände und Gesicht zu erfrischen. Sie bekamen nicht die Möglichkeit, sich zu entspannen und umzuziehen, sondern wurden direkt in das Zimmer ihrer Babuschka gebracht.

Wie bei früheren Besuchen lag ihre ältere Verwandte unter einem dicken Stapel von Decken, auf flauschige Kissen gestützt, die Haare in eine Mütze gesteckt, die zu ihrem voluminösen Gewand passte.

»Meine liebste *Vnuchka*.« Ihre Großmutter streckte die mit Ringen geschmückten Finger aus, und Natasha umklammerte sie und brachte sie an ihre Lippen, um sie zu küssen.

»Gut siehst du aus«, erklärte sie.

»Und du scheinst nervös zu sein.« Die ältere Dame reckte den Hals, um Neville anzusehen. »Könnte es vielleicht daran liegen, dass du einen Fremden in mein Schlafzimmer gebracht hast? Ich frage mich, warum du das tun solltest.«

Dabei wusste ihre gewitzte Babuschka genau,

wer er war. Es ging nur darum, dass Natasha zugab, was sie getan hatte, und sich entschuldigte.

Das Erste würde sie tun, das Letzte allerdings ... »Ich möchte, dass du Neville Fitzpatrick kennenlernst. Er ist ein Jäger des Rudels, ein Töwe und mein Ehemann.«

Ihre Babuschka zwinkerte. Wartete. Als keine Entschuldigung kam, hustete sie. »Oh, mein Herz. Du schockierst mich auf so entsetzliche Weise. Ich fühle mich schwach.« Sie legte sich einen Handrücken an die Stirn.

»Bist du dann fertig?« Natasha zog eine Augenbraue hoch.

»Willst du etwa behaupten, ich mache zu viel Drama?«

»Ja, und nicht nur das, du übertreibst es auch. Wir wissen doch beide, dass du nicht krank bist.«

»Gott sei Dank bin ich das nicht. Du tauchst einfach mit einem Ehemann auf, und dann noch nicht mal mit demjenigen, den du haben solltest.« Babuschka schlug die Decken zurück und stieg aus dem Bett. Sie legte auch das Kleid und die Mütze ab und enthüllte einen Kaschmirpullover und eine Hose darunter. Ihr Haar war perfekt gelockt. Sie schob ihre Füße in ihre Hausschuhe, bevor sie sich zu einem Stuhl am Kamin begab.

»Ich werde Simon nicht heiraten«, erklärte Natasha trotzig und folgte ihrer Großmutter.

»Das werden wir sehen.«

»Ich meine es ernst, Babuschka. Neville ist mein Ehemann.«

»Im Moment. Bitte geh.« Babuschka winkte mit der Hand.

Neville wandte sich zum Gehen, doch ihre Großmutter räusperte sich. »Nicht du. Sondern meine Enkelin.«

Natasha machte große Augen. »Du willst, dass ich gehe? Aber –«

Es brauchte nicht mehr als einen bösen Blick, bevor Natasha seufzte. Sie lehnte sich zu Neville und küsste ihn sanft auf den Mund. »Es war schön, dich kennengelernt zu haben.«

»Mach dir keine Sorgen, Baby. Du wirst schon sehen.«

Sie hoffte, dass er recht hatte. Schwer zu sagen, wozu Babuschka fähig wäre. Wer hätte gedacht, dass sie so tun würde, als würde sie sterben, um ihre Enkelin zu manipulieren?

Als sie das Haus verließ, wanderte Natasha mit um den Körper geschlungenen Armen zum See hinunter und ignorierte den kalten Wind.

Graue Wolken stoben über den Himmel und

leichte Schneeflocken fielen herab. Ein Sturm zog auf und sie sehnte sich nach dem milderen italienischen Klima, das sie gerade verlassen hatte.

Andererseits hatte das Faulenzen vor einem tosenden Feuer auch etwas für sich. Nackt. Auf einem Bärenfellteppich. Mit ihrem Ehemann.

Sie warf einen Blick zurück zum Haus. Würde Babuschka ihre Zustimmung geben? Eigentlich spielte es keine Rolle. Natasha liebte Neville. Von ganzem Herzen.

Eine Bewegung in den Wäldern erregte ihre Aufmerksamkeit. Ein roter Blitz. Wie seltsam.

Sie wanderte näher heran, Haarsträhnen peitschten über ihr Gesicht, sie spürte die Kälte eines frühen Winters im eisigen Wind.

Der rote Gegenstand entpuppte sich als ein Schal, ein seidenes Ding, das um einen Ast gewickelt war. Hatte jemand ihn verloren? Sie griff danach, stellte sich auf die Zehenspitzen und zog den Zweig tief genug, um den Schal zu lösen. Sie sah die Person nicht, die den Knüppel schwang, mit dem sie niedergeschlagen wurde. Sie schlug mit den Händen auf dem Boden auf und betrachtete überrascht den mit Blättern übersäten Boden. Krach. Ein zweiter Schlag betäubte sie lange genug, dass der Angreifer es schaffte, ihr die Hände hinter dem Rücken zu fesseln und ihr einen Jutesack über den Kopf zu stülpen.

Dann warf er sie sich über eine Schulter und schleppte sie weg.

Kapitel Vierzehn

In der Zwischenzeit ...

Dean blickte die alte Dame an, die mit geradem Rücken auf ihrem vergoldeten Stuhl saß. Das Teeservice auf dem Tisch war antik, viel filigranes Metall, goldene Hervorhebungen und feines Porzellan.

»Setzen Sie sich.« Die ältere Mrs. Tigranov winkte mit einer Hand voller Ringe.

»Wollen Sie mich etwa vergiften?«, fragte Dean, als sie ihm eine Tasse Tee hinschob.

»Das habe ich schon versucht. Nicht einer der Versuche hatte Erfolg«, erklärte sie und nahm einen Schluck.

Er spuckte den Tee nicht aus, stellte die Tasse aber fest ab. »Sie waren diejenige hinter den Angriffen.« Es war eine Feststellung, keine Frage.

»Ja.« Sie sagte es ruhig und tat ein wenig Honig in ihre Tasse.

»Lassen Sie mich raten, Sie haben versucht, mich umzubringen, damit ich Ihre Enkelin nicht heirate.«

Sie schnaubte. »Wenn ich Sie tot sehen wollte, wären Sie jetzt tot. Betrachten Sie es eher als eine Art Test. Sie denken ja wohl sicher nicht, dass jeder dahergelaufene Idiot einfach meine Enkelin heiraten darf, oder?«

»Sie hätten zugelassen, dass sie Simon heiratet.«

»Hätte ich das?«, fragte die Matriarchin hier mit einem kleinen Lächeln, bevor sie einen winzigen Schluck Tee nahm.

»Wollen Sie etwa behaupten, Sie hätten nicht zugelassen, dass sie Simon heiratet?«

»Es bestand ja kein Handlungsbedarf für mich, da ich wusste, dass Sie sich um alles kümmern.«

Er lehnte sich mit einer Tasse Tee in der Hand zurück. »Woher wussten Sie es?«

»Ich wusste noch am gleichen Abend der Hochzeit darüber Bescheid, oder dachten Sie, ich weiß nicht, was sie tut? Ich weiß alles, was in dieser Familie vor sich geht.«

»Wenn Sie wussten, dass wir heiraten wollten, warum haben Sie dann nichts gesagt?«

»Weil ich neugierig war, was passieren würde. Es war außerdem ausgesprochen interessant, wie sehr Sie sich für alles, was sie tat, interessiert haben. Oder dachten Sie etwa, niemand würde bemerken, dass Sie sie überwachen ließen?«

»Ist Ihnen denn nie in den Sinn gekommen, dass ich auf Rache aus sein könnte? Schließlich hat sie mich hintergangen.«

»Sie hat in Bezug auf so manches gelogen, das stimmt, aber es sind diese anderen Dinge, die sie getan hat, die ich nicht verstehen konnte. So war es zum Beispiel überhaupt nicht nötig, dass sie mit Ihnen das Bett teilte oder eine Hochzeit vorbereitete, um ihre Rache auszuüben. Es war offensichtlich, dass sie Sie mochte. Mehr als alle anderen Männer, auf die sie ihr Augenmerk gerichtet hatte.«

»Sie mochte Simon gern genug, um ihm ihr Jawort zu geben.«

Wieder schnaubte die alte Frau belustigt. »Dazu habe ich sie gebracht. Hauptsächlich deshalb, weil sie Sie zwar auch beobachtete, jedoch nichts unternahm. Keiner von euch beiden tat etwas. Und ich bin eine alte Frau, also wollte ich ein wenig Schwung in die Dinge bringen.«

»Sie haben so getan, als würden Sie sterben, damit sie Ihnen am Totenbett versprach, Simon zu heiraten, weil Sie wussten, dass ich es bemerken und aktiv werden würde.«

»Und es funktionierte noch viel besser, als ich es erwartet hätte. Sie hätten sehen sollen, wie sie sich aufgeregt hat, als Ihre Nachricht über die gültige Hochzeit hier angekommen ist. Natasha verliert normalerweise nie die Beherrschung«, vertraute ihm die Matriarchin an. »Ein Mann, der sie dazu bringen kann, so stark zu reagieren, ist ihr ganz offensichtlich nicht egal.«

»Sie ist meine Seelenverwandte.« Es fühlte sich gut an, das endlich laut auszusprechen.

»Vielleicht. Aber ich musste mich erst davon überzeugen, dass Sie es wert sind, deswegen auch die ganzen kleinen Tests, die Sie übrigens mit wehenden Fahnen bestanden haben, wie ich hinzufügen möchte.« Die alte Dame schien sich über ihre eigenen Taten zu freuen.

»Die Bombe in meinem Haus vor ein paar Tagen hätte sie töten können«, knurrte er.

»Bombe?« Sie runzelte die Stirn. »Ich habe nie irgendwelche Bomben genehmigt. Der letzte Angriff war der auf dem Dach mit den Platzpatronen. Als mir klar wurde, dass sie bereit war, Sie zu verteidigen, wusste ich, dass es nur eine Frage der Zeit war, bis Sie beide zu mir kommen, um meinen Segen zu erhalten.«

»Moment mal, wenn Sie die Bombe in meinem Haus nicht genehmigt haben und Ihr Sohn auch nicht, dann –«

Tante Marni stürmte herein, ihr Haar zerzaust, ihre Bluse schief geknöpft. »Ich glaube, jemand hat Natasha entführt!«

»Wie bitte?« Hastig stand er auf. »Jetzt rede schon.«

Seine Tante hielt ihm einen Umschlag hin. »Das hier lag auf der Treppe am Eingang. Es ist an ihren Vater adressiert.«

»Sie haben es gewagt, einen Brief der Tigranov zu öffnen?« Die Matriarchin stand von ihrem Sessel auf und neigte majestätisch den Kopf.

Aber es war Dean egal, sollte sie sich beleidigt fühlen. Er nahm den Brief, den seine Tante aus dem Umschlag gezogen hatte, und zitterte, als er ihn las.

Tigranov.

Ich habe Ihre Tochter. Wenn Sie bereit sind, um

sie zu verhandeln, dann töten Sie ihren Tigon-Ehemann als Geste des guten Willens.

»Wer würde es wagen?«, brüllte er und ließ das Blatt davonfliegen.

Es war die Babuschka, die leise antwortete: »Ich glaube, ich weiß, wer sie entführt hat.«

Kapitel Fünfzehn

NATASHA KNIFF DIE AUGEN ZUSAMMEN, ALS IHR der Sack abgenommen wurde. Sie blinzelte, als die Person, die vor ihr stand, langsam in Fokus kam. »Simon?« Aber nicht der Gentleman, den sie kennengelernt hatte.

Verschwunden waren der Designeranzug und der fade Ausdruck. Sein jungenhaftes, lockiges, weißblondes Haar war zurückgelegt. Er trug eine Militärhose, einen engen Rollkragenpullover und mattschwarze Stiefel mit Stahlkappe. Zur Vervollständigung seines Ensembles trug er ein Holster mit einem Messer und einer Pistole.

Sie versuchte, sich zu bewegen, nur um festzustellen, dass sie an einen Stuhl gefesselt war. Sie rüttelte auf seinen vier Beinen und knurrte: »Lass mich sofort frei.«

»Nein.« Seine feste Stimme war so ganz anders als die des Simons, den sie kannte.

»Was machst du denn da?«

»Ich hole mir das Druckmittel, das ich brauche, um zu bekommen, was mir zusteht. Du solltest mich heiraten und mir Zugang zum Versorgungsnetz deines Vaters verschaffen. Aber stattdessen hast du mich gedemütigt, indem du mich wegen eines Halbblüters sitzen gelassen hast«, entgegnete Simon wütend.

»Aber mich zu entführen wird nichts daran ändern.«

»Nein, aber dich im Austausch für das nicht zu töten, was man mir schuldet, ist ein fairer Handel.«

»Damit kommst du nicht davon.«

»Das bin ich doch schon. Niemand weiß, wo du bist. Und sie werden nicht dazu in der Lage sein, dich zu verfolgen.« Er riss die Tür auf und zeigte ihr, wie stark es schneite. »Ich habe genügend Vorräte, sodass wir wochenlang hierbleiben können. Ich nehme an, dass ich nur einen oder zwei deiner Finger schicken muss, und vielleicht ein paar Aufnahmen deiner Schreie, bevor deine Familie nachgibt.«

»Das hättest du nicht tun sollen.« Sie schüttelte den Kopf, während Schnee in die Hütte geweht wurde.

»Ich habe keine Angst vor deiner Familie.«

»Es ist nicht meine Familie, um die du dir Sorgen machen solltest, sondern mein Ehemann«, lautete ihre Antwort, als plötzlich ein orangefarbener und schwarzer Blitz aus dem Schneesturm hereingesprungen kam.

Simon hatte einen Moment Zeit, sich umzudrehen, bevor der Töwe sich auf ihn stürzte. Im nächsten Augenblick rang eine sehr flauschige Katze mit einem gestreiften weißen Tiger und rollte außer Sichtweite.

Währenddessen saß sie fest. Sie schaukelte den Stuhl hin und her, bis er auf dem Boden aufschlug und ruckelte. Nicht genug, um vollständig zu zerbrechen, aber es löste wenigstens die Seile. Sie schaffte es, sich die Hände zu befreien und vom Stuhl aufzustehen, gerade als die beiden Raubtiere in die Hütte stürzten, wobei ihre kämpfenden Körper gegen den Tisch schlugen und ihn mitsamt allen Vorräten in den Kamin kippten.

Sie drückte sich flach gegen eine Wand, während die Männer weiter rangen, ihre großen

Katzen fauchten und schnappten, während Rauch die Luft erfüllte.

Moment mal, Rauch? Ein Blick zum Kamin zeigte, dass er schwelte, als die Dinge, die in die Feuerstelle gefallen waren, Feuer fingen. Am beunruhigendsten war die zerbrochene Wodkaflasche, die als Brennstoff diente und die Flammen aus dem feuerfesten Kamin auflodern ließ. Der trockene Dielenboden begann zu brennen, als sie den schlagenden Katzenkörpern aus dem Weg ging. Sie drückte sich gegen eine Wand und klopfte sich selbst ab, suchte nach einem Messer, einer Waffe, irgendetwas.

Simon hatte sie gut durchsucht und ihr alle ihre Spielsachen abgenommen.

»Verdammt.« Sie war von der Tür weggegangen, statt auf sie zuzugehen, und fand sich hinter einer wachsenden Wand aus Flammen gefangen.

Als Neville ihr Dilemma sah, ließ er Simon plötzlich frei und attackierte die Tür.

Sie verstand nicht warum, bis sie umkippte und er sie in die Flammen schleppte und damit eine Brücke durch das Feuer schuf.

Sie lief darüber, die Hitze zwickte an ihrer Haut und ihrer Kleidung, und sie hatte es fast geschafft, als

Simon auf Neville einschlug, der wiederum in sie hineinstieß und sie zurück ins Inferno trieb.

Die Hitze leckte und versengte sie. Sie sprang vorwärts, konnte aber immer noch das Brennen riechen und die Versengungen spüren, als der Stoff an ihrem Körper verkohlte. Sie tauchte durch die offene Tür in den Schneesturm. Sie schlug auf dem Boden auf und wälzte sich, hörte das Brutzeln von kaltem Schnee auf brennendem Stoff. Als sie mit dem Gesicht zum Himmel auf dem Rücken lag, erfrischte das Frösteln der Schneeflocken ihre glühende Haut. Sie lag einen Moment lang einfach nur atmend da, nur um von einem Krachen aufgeschreckt zu werden.

Sie setzte sich aufrecht hin und sah, wie das Holzhaus in sich zusammenfiel, während die Flammen die Konstruktion zerfraßen.

»Neville!« Niemand kam aus den Flammen.

Oh nein.

»Neville.« Diesmal flüsterte sie seinen Namen und Tränen schnürten ihr die Kehle zu.

»Ich wünschte wirklich, du würdest mich nicht so nennen.«

Kapitel Sechzehn

Auf seine Aussage hin schrie sie: »Du bist am Leben.«

Natasha sprang auf, lief auf ihn zu und warf sich ihm an den Hals, obwohl ihm alles wehtat. Allerdings beschwerte er sich nicht. Glücklich drückte er sie an sich. Er hatte sich solche Sorgen gemacht.

Und deswegen war er schon losgelaufen in dem Moment, in dem Mrs. Tigranov ihm verraten hatte, dass es einen Weg gab, Natasha zu verfolgen.

»*Sie haben dem Mädchen einen Chip einpflanzen lassen?*«, *hatte seine Tante gefragt.*

»*Lieben Sie Ihre Familie nicht genug, um über jede ihrer Bewegungen informiert sein zu wollen?*«, *hatte die Antwort von Natashas Großmutter gelautet.*

Sie fingen an, über Rettungsmannschaften und

Waffen zu sprechen. Er hatte einen Blick auf den piepsenden Punkt auf der Karte geworfen, sich das Gelände eingeprägt und sich dann entkleidet.

Seine Geliebte war in Gefahr. Er konnte nicht hier sitzen und warten.

»Alles okay?« Natasha lehnte sich zu ihm, um ihn zu untersuchen.

Er schenkte ihr ein schiefes Lächeln. »Ich bin noch nicht mal nahe dran, all meine neun Leben zu verlieren, Baby.«

»Wo ist Simon?« Sie reckte den Hals, um an ihm vorbei zu sehen.

»In einer Minute waren wir noch dabei zu kämpfen, in der nächsten ist er zurück ins Haus gelaufen.«

»Er hat sich selbst umgebracht?« Sie blickte auf das brennende Inferno.

»Wahrscheinlich weil er wusste, dass es sowieso um ihn geschehen war.« Als das Adrenalin nachzulassen begann, fing er an, die Kälte zu spüren. Der stürmische Wind und die Schneeflocken kühlten seine Haut. Er konnte sich nur vorstellen, wie seine Frau sich fühlte, deren Kleidung feucht und stellenweise fast versengt war.

Er trat von ihr zurück. »Verwandeln wir uns, damit wir ein Fell haben, und laufen zum Haus zurück.«

»Das kann ich nicht.« Sie schüttelte den Kopf.

»Warum nicht?«

»Was diese ganze Gestaltwandelei angeht ... Du solltest die Annullierung vielleicht noch einmal überdenken, weil ich versäumt haben könnte, dir mitzuteilen, dass ich mich nicht wirklich in einen Tiger verwandeln kann.«

»Was meinst du damit, du kannst dich nicht verwandeln?« Er blinzelte sie an und dachte an all die Male, da sie ... hm. »Ich habe noch nie gesehen, wie du dich verwandelt hast.«

»Weil ich es nicht kann«, grummelte sie. »Und zwar nicht, weil ich es nicht versucht hätte. Mein Bruder und meine Schwester können sich verwandeln, und während alle Ärzte sagen, dass ich über die richtigen Gene verfüge, verhindert irgendetwas in mir, dass es funktioniert.« Sie zuckte mit den Achseln. »Und glaub mir, wenn ich dir sage, dass meine Familie alles versucht hat.«

»Aber du riechst wie ein Tiger.« Allerdings war ihr Duft einzigartig.

»Ja. Und die Ärzte sind davon überzeugt, dass meine Kinder sich verwandeln können. Ich weiß, ich hätte es dir vorher sagen sollen.« Sie zuckte erneut mit den Achseln. »Ich war ehrlich davon überzeugt, dass meine Familie dich töten würde, aber nun hat sie das nicht getan, und du solltest mein Geheimnis kennen, bevor du mir irgendwelche Versprechen machst.«

Er lachte. »Glaubst du wirklich, es ist mir wichtig, ob du dir ein Fell sprießen lassen kannst oder nicht? Schließlich habe ich mich nicht in ein Tier verliebt. Ich habe mich in dich verliebt.« Er zog sie an sich. »Und ich habe vor, mit dir verheiratet zu bleiben, bis dass der Tod uns scheidet, Baby.«

»Das sagst du jetzt, und trotzdem ... Was, wenn du irgendwann in einer Vollmondnacht sauer wirst, weil ich nicht mit dir auf die Jagd gehen kann?«

»Warum solltest du nicht mit mir auf die Jagd gehen können?« Er runzelte die Stirn. »Hast du vor, einen Haufen Gewicht zuzulegen und aufzuhören, dich zu bewegen?«

»Nein.«

»Dann ist es mir auch egal, ob du es auf zwei oder vier Füßen tust. Ich liebe dich, Natasha Marika Fitzpatrick.«

»Tigranov Bindestrich Fitzpatrick.« Sie straffte die Schultern. »Ich sollte den Namen beibehalten, da ich die Erbin bin.«

»Solange du mir gehörst.«

Er küsste sie und hätte sie auch weiterhin geküsst, wenn das Donnern der Geländewagen nicht das Knacken, Knistern und Knallen des Feuers übertönt hätte.

Wenig später saß sie hinter dem Lenker eines Motorrads, während der ursprüngliche Fahrer auf dem Rücksitz saß. Ihr Mann verwandelte sich wieder in einen Töwen, und schon waren sie weg.

An der Tür zum Haus warteten viel zu viele Familienmitglieder, die alle hören wollten, was passiert war. Natasha war nicht in der Stimmung.

»Mir ist kalt und ich bin schmutzig. Und jetzt gehe ich mit meinem Ehemann in mein Zimmer.« Sie sah alle herausfordernd an, um zu sehen, ob sie es wagen würden zu widersprechen.

Als Papa Tigranov Dean böse anschaute, zuckte dieser die Achseln. Er war nicht im Begriff, einen Streit mit seiner Frau anzufangen.

Das Feuer im Schlafzimmer war mehr als willkommen. Aber noch besser war die mit dampfendem Wasser gefüllte Wanne, die jemand herausgeschleppt und davorgestellt hatte.

Er sank in die Wanne, lehnte den Kopf zurück, schloss die Augen und atmete aus. »Dies ist der Himmel.«

Platsch. Seine Frau gesellte sich zu ihm und spritzte Wasser über die Seiten, bevor sie ihn grob an den Wangen packte. »Möchtest du das vielleicht umformulieren?«

Sie sah einfach zum Anbeißen aus mit ihrem verführerischen Lächeln und der Art, wie ihr Haar über die bloßen Schultern fiel. »Dieses Bad ist himmlisch, aber die Tatsache, dass du hier bei mir bist? Das ist das Paradies.«

Er zog sie für einen Kuss zu sich heran, wodurch noch mehr Wasser auf den Boden schwappte, nicht dass sie sich davon stören ließen. Sex war nicht die einfachste Sache, die man in einer engen Wanne machen konnte, aber sie schafften es trotzdem. Er landete auf den Knien, wobei sie sich vor ihm bückte und den Rand der Wanne umklammerte, während er von hinten in sie hineinglitt. Er schlang seinen Arm um ihre Taille und hielt ihren Körper an den seinen gepresst. Er beugte sich vor und biss in ihr Ohrläppchen, als er in sie stieß, und vergoss seinen Samen erst, als sie mit seinem Namen auf ihren Lippen zum Höhepunkt kam.

»Neville!«

Ihm gefiel sein richtiger Name besser als das ruppige »Aufstehen«, das er am nächsten Morgen zu hören bekam. Die liebe Großmutter weckte ihn mit diesem Ruf und schlug ihn mit ihrem Stock.

»Au!« Er sah sie wütend an.

»Aufstehen. Raus aus dem Bett. Gehen wir.«

»Wohin gehen wir?« Er rollte sich aus dem Bett und vermied dabei, der Tigranov Matriarchin, die ihre Waffe schwang, nahezukommen.

»Babuschka! Hör auf.« Natasha sah sie böse an, während sie sich die Bettdecke vor die nackte Brust hielt.

»Nein, du wirst aufhören. Bis zur Hochzeit. Damen treiben keine außereheliche Unzucht.«

»Aber wir sind bereits verheiratet«, widersprach Natasha.

»In gewisser Weise. Ich bin mir der heidnischen Kirche bewusst, die du benutzt hast. Du wirst es wiederholen. Richtig. Und bis du das tust, gibt es keinen Geschlechtsakt mehr. Und jetzt raus aus den Federn.« Die letzte Aussage kam mit einem Schlag in seine Richtung, dem er auswich.

Es bestand keine Chance, dass die Großmutter ihre Meinung ändern würde, worüber Natasha murrte. Nachdem er so lange gewartet hatte, hatte Dean jedoch kein Problem damit, noch etwas länger zu warten.

Ihre Familie hatte ihn akzeptiert. Die Bedrohung war beseitigt. Und er war im Begriff, die Frau, die er liebte, vor Freunden und Familie zu heiraten.

Da er keine lebenden Eltern mehr hatte, führten

ihn seine Tanten zum Altar, und seine Tante Marni lehnte sich zu ihm, um ihn auf die Wange zu küssen, und flüsterte: »Sei glücklich, Lieblingsneffe.«

Das hatte er auch vor, denn wenn ein Töwe heiratete, dann für immer.

Epilog

Die Hochzeit verlief fantastisch. Löwen auf der einen Seite, Tiger auf der anderen. Angesichts des Ausmaßes der Feierlichkeiten, die auf dem Empfang stattfanden, war zu erwarten, dass sie in neun Monaten oder weniger mehr als ein paar Hybriden sehen würden.

Der einzige angespannte Moment kam, als der Priester fragte: »Gibt es jemanden, der einen triftigen Grund vorweisen kann, warum dieses Paar nicht rechtmäßig in den Stand der Ehe gebracht werden kann? Der möge jetzt sprechen oder für immer schweigen.«

Als es so aussah, als würde Cousine Isabella den Mund aufmachen, lehnten sich die Tanten, die lieber hinter ihr statt bei den Löwen gesessen hatten, nach vorne und Marni flüsterte etwas. Isa schloss den Mund wieder.

Und sie heirateten, zum zweiten Mal.

Nach einer herrlichen Hochzeitsnacht, in der er sie in der Limousine, dann im Bett der Hochzeitssuite, unter der Dusche und an den Penthouse-Fenstern nahm, bestiegen sie ein Flugzeug.

Laut ihren Beiträgen in den sozialen Medien genossen sie ein romantisches Abendessen an einem Strand in Südfrankreich.

In Wirklichkeit versteckten sie sich irgendwo in der Wildnis Litauens im hohen Gras und warteten auf Schmuggelware.

Natasha warf ihm einen Blick zu. Er trug seine Streifen, und zu Ehren ihrer Mission hatte sie auch Linien auf ihre Haut gemalt. Ihre Augen funkelten vor Aufregung. Sie lächelte. »Bereit?«

Immer. Er gab ihr einen Kopfstoß, als er sich erhob. Sie bewegten sich bereits, als die Räder des kleinen Propellerflugzeugs auf den Asphalt trafen.

»Versuche mitzuhalten.«

»Knurr!«, lautete seine Antwort, als er neben ihr her sprang. Als würde er sich von ihr abhängen lassen!

Er hatte seine Gefährtin fürs Leben gefunden,

und sie war alles, was er sich je gewünscht hatte. Freundin. Partnerin. Geliebte.

In der Zwischenzeit nach dem Empfang ...

Der Nadelstich in Lawrence' Arm war der kleinste aller Stiche. Da und weg, nicht einmal seine Aufmerksamkeit wert.

Aber vielleicht hätte Lawrence sich darum kümmern sollen, denn seine Sinne waren getrübt, seine Sicht verschwamm, und als er das nächste Mal wieder zu sich kam, befand er sich in einer fremden Hütte im Bett mit einer Frau.

Einem Menschen und – nach dem Geruch an ihr und den Spuren an ihrem Hals zu urteilen – seiner Gefährtin fürs Leben.

Lawrence' Geschichte kommt als Nächstes in Wenn ein Liger sich Bindet

www.ingramcontent.com/pod-product-compliance
Lightning Source LLC
LaVergne TN
LVHW041629060526
838200LV00040B/1505